读客®图书

青春就是梦和游戏

[日]河合隼雄 著　河合俊雄 编
王熙威 译

青春の夢と遊び

河合隼雄
河合俊雄[編]

文匯出版社

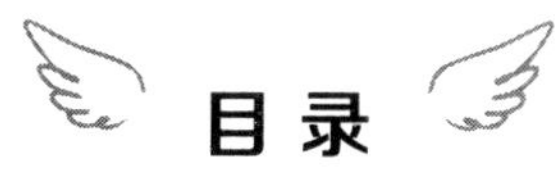

目录

第一章　何谓青春 / 1

1. 青年期 / 4

2. 春天的到来 / 15

3. 心的构造 / 24

4. 现代的青春形象 / 36

第二章　青春的现实 / 47

1. 现实的多层次性 / 50

2. 体制的矛盾心理 / 61

3. 身体性 / 73

4. 青春的伦理 / 82

第三章　青春的梦 / 93

1. 浪漫主义 / 97

2. 梦与现实 / 110

3. 梦的实现 / 126

第四章 青春的游戏 / 135

1. 游戏的意义 / 138

2. 游戏与宗教性 / 150

3. 游戏与教育 / 158

4. 游戏的成就 / 168

第五章 青春的别离 / 179

1. 毕业 / 183

2. 永远的少年 / 196

3. 背叛 / 203

4. 无边界的青春 / 214

后 记 / 221

解 说 / 224

第一章
何谓青春

提到“青春”一词，生活在现代社会的人们会联想起什么呢？有些人甚至觉得，“青春”一词已经是消亡的词语了。近些年，一些心理学家提出了“青春期消亡说”“青春期平稳过渡说”等学说，对于赞同这类理论的人来讲，探讨“青春”一词的意义，恐怕已经成了一件很无聊的事情。即使在这样的社会环境下，我也常常从年轻人口中听到“享受青春”一词。我总觉得，年轻人嘴里的“青春”，似乎已经变了味道。看到《青春就是梦和游戏》这样的书名，相信不少年轻人会马上感觉到扫兴吧。

但是，如果我们认真观察，就会发现“青春”一词并未离我们远去，“梦想和游戏”也仍然存在。只是，我们不能否认，在近二三十年内，这些概念已随着时间的推移而发生了很大变化。在我们探讨时代变迁中的“青春就是梦和游戏”这一课题之前，我想先就“青春”一词的概念做一下简单的分析。

1. 青年期

在心理学中，有一个专门领域叫作“青年心理学”。如果我们把人的成长阶段分为幼儿期、少儿期、青年期和成年期的话，这门学科所研究的，就是成年期之前的青年人心理。笔者曾经担任过“青年心理学”这门课的讲师。当时，我曾经让学生写下自己对“青年”这一词所涵盖的年龄范围的判断，并加以统计。现在，虽然我不记得当时的统计结果，但是印象中（说起来，当时搞这个调查就是为了证实自己的印象与推测），学生们所定义的“青年”的年龄范围，与心理学中的定义存在着很大的差异。在心理学领域里，对“青年”一词年龄范围的定义，虽然因学者而异，但基本都在22岁到26岁之间。而在学生心目中，“青年”的年龄上限则是30岁，一部分学生甚至认为是35岁。

之所以会出现这样的“偏差”，是因为心理学注重通过“客观”指标对成年之前的时期进行定义，因此得出的年龄范围偏低，而学生则是从“主观”角度出发进行定义的，所以“青年期”涵盖的年龄范围被人为地拉长了。这个结果直接映射出了一个关于青年期的问题，那就是，虽然我们的身体达到了成年的标准，但心理上往往还是会觉得自己仍然处于青年期。从另一个角度来思考，这件事也反映了我们虽然成人了，但仍希望自己处于青年期的这一具有普遍性的心理状态。

通过这件事我们可以发现，“青年期”一词是一个很难明确下定义的概念。这个时期的定义会随着我们思考方式的改变而变化。这现象，从本质来讲，源于现代社会里人们对“大人”一词的模糊认识。当今社会，我们在生理层面上、社会学层面上、心理学层面上对“大人”一词的定义都存在偏差，因此，如果姑且抛开生理层面的定义不讲，只是为“大人”一词的本质下一个定义的话，想必也是相当困难的吧。

虽然无法明确定义，但是姑且作为人生的一个时期而被我们加以关注的青年期，在近代社会以前，其实原本没有那么重要。更确切地说，那个时代，还没有产生青年期这一特定的概念。这一点是我们必须要明确的。近代社会以前，儿童与大人之间存在明显区别，儿童到达了规定年龄，通过参加“成人仪式”这一特殊仪式而“长大成人”。那时候，是不存在“青年期”这一儿童与大人之间的过渡期的。

当人类开始认真思考“进步”这一概念时，“青年期”这一概念的重要性才逐渐凸显出来。当我们把社会作为一个“已经完成”的产品进行思考时，由于社会方方面面已然发展健全，因此就不再存在“进步”的空间。这样，如何“融入”这个健全的社会，就变得重要起来，而如何进行社会“变革”等问题，也就不再需要我们去思考了。在这样的前提下，对于一个小孩子来讲，在成长为“大人”并“融入”这个社会之前，只要作为小孩子安安心心地生活就好了，不可能出现反抗和苦恼等问题。

然而，人类如果十分重视“进步”的话，社会也应该随之而“进步”，这个时候，人们自然而然会对即将成为社会中的一分子的成年人预备队，也就是青年人，产生“进步”的期待。与此同时，在另一方面，人们也会对尚未成人、尚不能“独当一面”的青年人产生一种轻视。在这样的矛盾心理的影响下，青年人就被推向了一个进退维谷的两难境地。也就是说，青年人同时具备了超越成年人的可能性，和还未长大成人的卑微性，而这两点正反映了青年期的特征。

“青春”的概念

如同刚才我们提到的，随着人类步入近代社会，“青春期”这一概念突然间被大书特书起来。

在以这一时期为时代背景的文学作品中，“青春期”这一词语出现的频率也逐渐增高。我们在学生时代满怀心中共鸣所阅读的赫尔曼·黑塞[1]的《青春彷徨》[2]一书的书名中所提及的“青春”二字，正反映了当时人们对青春的理解与认识。在书中，青年在讴歌“春”的同时也产生了彷徨。这样的过程，既充满了苦恼，又伴随着甜蜜的伤感。可是无论怎样，书中描述的也是“春天”，一个嫩芽萌发、鲜花绽放、到处充满着生命力的季节。可以看出，在作者心中，这样的春天正适合被用来书写青年的故事。

说到这里，相信不少人会觉得我说的话已经过时了。他们也许会觉得，“青春”一词已经消亡了，说这些话还有什么意思呢？的确，现在的青年人和过去已经大不一样了。但是“人”这个物种，虽然会随着时代的发展而改变，其中却也存在着一些永恒不变的地方。既有发生变化的地方，也有从未改变的地方。随着我们注目的地方不同，我们眼中所映射出来的“人”的形象也不尽相同。时代发展所带来的变化我们稍后再谈，现在先让我们来看看一般意义上的“青春形象”一词的含义。

在思考青春的问题时，让我们一起来读读夏目漱石的《三四郎》一书。也许有人会质疑，你怎么会引用这么老的作品啊。但是我觉得，所谓名著，不正是那些经得起时代考验的永恒经典吗？因此在这里，我故意举出这样的经典著作来做参考。与此同时，我们也可以通过将过去

[1] 赫尔曼·黑塞（1887–1962），德国作家，诗人。

[2] 又译为《彼得·卡门青》。

的经典名著与现代作品相比较，来领会时代变化所产生的影响。

但是，事先要向读者明确说明的是，接下来，在我的书中将会出现很多文学作品的名字。然而我引用它们并不是为了将其作为“文学”来品评，我也没有做文学评论的能力。我只不过是将它们看作现实生活中的一个个实例，通过它们来阐述我想说明的问题而已。作为心理医生，我虽然接触过很多现实生活中的青年期问题，但是法律与道德并不允许我过分详细地描述这些实例。书中虽然可以描述一些实例的片段，但是很多时候，我不得不考虑维护当事人的个人隐私。将文学作品作为现实中的例子来引用，虽然有可能会背上亵渎名著的罪名，但我也只有请求读者高抬贵手，对我的苦衷予以理解了。

小说《三四郎》的主人公三四郎，从熊本来到东京后，满眼望去全是令他感到震惊的东西。“在东京让三四郎感到震惊之事不胜枚举。首先，电车叮叮的鸣笛声令他感到震惊，伴随着这叮叮的鸣笛声上下电车的大量乘客令他感到震惊。其次，丸之内[1]令他感到震惊，尤其令他感到震惊的是，无论走到哪里，都逃不出东京的手掌心。”就这样，夏目漱石在短短的一段文字里用了十次“震惊”这个词，充分描绘出了三四郎的心情。

青春是伴随着“震惊”的。如果当时和现在一样，有电视机这

[1] 日本东京地名，位于东京都千代田区，是东京商务中心地带之一。

种方便的信息传播工具的话，想必三四郎也不会处处感到震惊了。但是，当今社会也有让当今社会的青年人感到震惊的地方。对于自己身体和内心世界中那些尚未了解的地方，我想青年人也会感到震惊吧。对任何事物都持反对意见是青年期的一大特征，虽然有些青年人不断强调自己遇到任何事情都“处变不惊”，但我认为这只是一个单纯的逆反现象，其本质和其他青年人没有什么不同。如果真的处变不惊的话，遇事时保持沉默就好了。可是有些青年人偏偏要反复大声强调自己“毫不感到震惊”，这其实正反映出了他们在令自己震惊的事物面前的不知所措。

在某些时候，我们会体验到一种超越了单纯的震惊，让我们自身的存在都受到动摇的感受。比如与异性相遇，就是一个很好的例子。夏目漱石关于三四郎在池边与美弥子初遇的那一段描写真的很不错，正反映出了青春一词的本质。与美弥子擦身而过之后，三四郎直愣愣地望着美弥子的背影发呆。

“三四郎茫然若失。过了一会儿，他小声地自言自语道‘真是矛盾呀’。大学的氛围与那个女孩是矛盾的；那种色彩与那种眼神是矛盾的；当遇到那个女孩时，竟然想起了火车上遇到的女孩，这是矛盾的；此外，自己对未来的规划出现了分歧也是矛盾的；面对令自己感到非常高兴的事情反而产生了恐惧，这还是矛盾的。对于这个来自乡下的青年人来说，这一切都变得那么不可解，唯有感到处处充满了矛盾。”

只是单纯地偶遇一个陌生女孩，一个青年人心中所持有的矛盾心态就全部暴露无遗了。青春是充满了矛盾的。因此，“三四郎魂不守舍，上课听讲时，心也飘向了远方。偶尔也会漏记一些重要的笔记”。三四郎初次品尝到了恋爱的苦恼，与此同时也开始体会到了其中的乐趣，思念美弥子的时候，伴随在美弥子身旁的时候，三四郎都会感到心潮澎湃、兴奋不已。

三四郎所了解的这个“如春天般灿烂而充满活力的”世界，“对于三四郎来说，是最深邃的世界。这个世界就近在咫尺，但是，当你想接近它的时候，它却又如同远在天边的闪电。三四郎远远眺望这个世界，觉得是那么不可思议”。青春是充满不可思议的。不知道自己究竟是谁，不知道自己应做何事。在这个时候，美弥子提出了一个关键性词语——“迷途的羔羊”。

如果把青春比作是从处于“被管理下”的羊群中迷走的羔羊，我认为是非常合适的。有时候，为了摆脱管理、对抗体制而从群体中脱离的青年人，因为自己也无法把持方向，被说成迷途的羔羊，我想也是应该的吧。夏目漱石在书中，主人公在口中重复了两次“迷途的羔羊”一词的桥段，作为整部《三四郎》小说的终结。

青年期平稳论

我们以《三四郎》为例，对青春进行了论述。但是，这里提到的青春，充其量只能算是青春淡淡的身影。我想有人会说，青春应该是更加充满刺激的。的确，在青年期，谁都有过相当程度上的进行破坏与品尝失败的体验。并且，“疾风怒涛”（Sturm and Drang）[1]等词汇也经常被视为青年期的标语。

这样的青春在很多文学作品里都有所表现。例如，宫本辉的《二十岁的火影》一书，与其说是小说，不如说是作者以自身经验为基础写成的随笔。作者在书中很好地捕捉到了摇曳着的青春形象。高中时代，放学后所有的同学都争先恐后地奔向小卖部，上演一场果酱面包与花生酱面包的争夺战。“这些廉价的、由人工色素和人工香料合成的东西，那时候对于我们来说是那样的美味，也许这就是所谓的青春吧”。

“也许这就是所谓的青春吧”，这是一个多么好的表达方式啊。无论是谁，在讲述自己青年期时所经历的失败和所做的傻事之后，都

[1] 形容大动荡的时代。

可以加上这么一句作为结尾。宫本辉所描述的喝醉了从房檐上摔下来的场景，用消毒酒精兑着砂糖水喝差点死了的场景，正表现出了青春的形象。这样的青春属于20世纪60年代，其中也融合了一些来自更加久远年代的青春的影子。

但是，到了20世纪80年代，青年人的形象却发生了相当大的改变。这个时候，“疾风怒涛”这个词可以说已经完全退出了历史舞台。过去，一提到“自杀”人们就会联想到“青年”。但是，80年代，青年自杀人数逐渐减少，自杀现象高发年龄段也已经推移至四十几岁。因此，在美国和日本开始有人倡导起了“青年期平稳论”。持这种论点的人认为，处于青年期的人有体育运动等多种多样有趣的事可以去体验，可以为了将来实现自己的梦想而努力学习，“苦恼”“破坏”等词，与“青春”一词风马牛不相及。

1981年出版的田中康夫所著的《漫无目的，水晶》一书中，作者轻快地描绘出了一个平稳安定的青年形象。在作品的结尾，作者这样写道：

“淳一和我过着没有烦恼、无忧无虑的生活。

“漫无目的地买自己喜欢的东西，穿自己喜欢的衣服，吃自己想吃的东西；漫无目的地听自己喜欢的音乐，去自己想去的地方散步、游玩。

“两个人在一起的时候，总是可以漫无目的地过着令自己高兴的、水晶般的生活。”

那些主观上认为青年人就“应该痛苦”“应该烦恼”“应该反抗”的人们，如果读到这部作品恐怕会感受到强烈的反差吧。这部作品里出现的，是与那一声“哎，现在的年轻人啊……”的叹息相吻合的青年人的形象。也许有的人会觉得，把日本的未来交给这样一群没心没肺的青年人，真的不会有问题吗？针对持有这样疑问的“成年人”，或者说是“大叔”们，书中是这样做出反驳的。书中的主人公“我”的身份是一名女大学生，与“我”发生过性关系的男大学生，与“我”有着相同的生活感悟。针对“我”所发出的“生活一定就像是水晶，不可能会有什么烦恼”的感慨，男大学生做出了如下的回答：

“水晶吗……哎，现在我觉得，青春是什么，恋爱是什么，这些问题我们没有必要像个哲学青年似的去思考。我们又没读过什么书，也没有像傻瓜一样专注于一项爱好，不是吗？但是，我们的头脑中也不是空空如也、朦朦胧胧的，当然也不是非常清醒的。但是，我们脑子里没有进水，我们也不是那种单纯到别人说什么就信什么的人。”

可以看出，青年人并没有沦落到“成年人”所担心的“脑子里空空如也”“非常单纯”的程度。其实关于这个问题，我们没有必要去担心。青年人也好，老年人也罢，我们都不应该用“应该怎样”这样的统一标准去衡量、去判断。

但是，我们又应该如何去看待“青年期平稳论”呢？这个论点所阐述的青年期现象真的是事实吗？如果是事实，那么，又为什么会出现这样的情况呢？在这本书中，如果不能针对这些问题做出回答的话，那么这本书就一点价值都没有了。但是，在以“何谓青春”为题目的章节里，我竟然引用了描写“从未思考过‘青春是什么’‘没读过什么书’”的“青年”的文学作品来反映当下青年的问题，也真是件有趣的事。我觉得，也许读这本书的人，都是40岁以上的中年人也说不定吧。

2. 春天的到来

前文，我介绍了青春期平稳论等关于青春的论点。与以前的青年人相比，现在的青年人中，有相当一部分人过着“平稳”的生活。如同《漫无目的，水晶》一书中所描述的那样“无忧无虑地生活着”的状态。虽然多少带有一些青年特有的不切实际的色彩，但是不管怎么说，这多少也改变了一些人们曾经持有的“青年就应该烦恼”的观点。但是，现实社会并没有那么单纯，也有一部分青年人，正在陷入深深的苦恼之中。我们之后会谈到，这些青年人所面对的苦恼，比起过去的青年人还要严峻得多。

在本章中，我将列举出一些对“春天的到来”抱有深深恐惧的现代青年的例子。作为心理医生，我经常会接触到这样的青年。他们所表现出来的状态虽然一般被称作“病态”，但是从本质而言，他们与那些“无忧无虑地生活着”的青年没什么不同。健康与疾病、正常与异常的界限划分其实并没有那么明确。或许我们可以这样说，经历打破这个界限的过程，正是“青春”的真谛。因此，虽然接下来我们要去探讨一些“病态”青年的例子，但归根结底我们所要探讨的，是所有青年身上具有的共性与本质。

对人恐惧

青年期容易患上的精神症状之一被称作“对人恐惧症”。虽然说，近二三十年来，这种疾病的患病率有所降低，但是作为开场白，拿它来举例我觉得还是很合适的。

对人恐惧症的症状虽然多种多样，但是最重要的表现就是患者在与别人接触时会产生强烈的不安。患有对人恐惧症的人，在与他人接触时，会因担心自己的脸是否变红了而感到不安，进而说话会变得结结巴巴，会担心自己的身上是否正发散着让别人感到不快的异味。有意思的是，这类患者在面对家人时并不会感到不安，有时候面对陌生人时也没有什么异常反应，反而是在与相识的人接触时会感到难以应对。这时候，他们会变得不知所措，不知道应该和对方保持什么样的距离。症状严重时，他们甚至会对外出也感到恐惧，只想把自己关在家中不与外界接触。

到了青年期，“自我”意识会发生很大变化。在提到“我”这个词时，会产生“‘我’究竟是什么”的疑惑。可以说，人类的自我意识每天都在发生改变，我们几乎不可能去揭示它的庐山真面目。自己发生着改变，也就意味着自己与接触的人之间的人际关系也在发生着改变。但是比起自己，我们在主观意识上会觉得他人的变化更加强烈，因而会产生无法应对的苦恼。举例而言，我们有时会觉得以前一直对自己很热情的人突然冷淡了下来，与自己很亲密的人突然变得令人讨厌了起来。

还记得很久以前，有一位突然间对外界事物产生了恐惧进而把自己关在宿舍里不愿出门的女大学生来找我咨询。当时，因为快期末考试了，再这样下去的话连考试也无法参加，将不得不面临留级的命运，因此她才拼了命离开宿舍到我这里来寻求帮助。一开始我也奇怪，之前还在学校好好地上课，怎么会突然变成这个样子呢。慢慢地，我才从她的话语中发现了端倪。原来她会经常感到地震要来了，从而产生巨大的恐惧。在来我这里的路上，她也感觉到了道路在晃动，并担心大地将要裂开。她称自己患上了“地震恐惧症”，她突然觉得“地震来了！”的时候，冷静下来其实会发现周围什么都没有发生。但是，“地震来了！”的强烈恐惧感一天会出现并侵扰她几十次。

山沟里的山民们把地震称作“母亲的摇晃”，这是一个极具象征意义的表达方式。大地母亲发生了摇晃。大地母亲带给我们的本应该是安定的感觉，然而，剧烈的摇晃却让我们产生了根基动摇般的不安。这正是这名女大学生对人恐惧症的发病根源。

春的印象

这位患有“地震恐惧症”的女大学生的话，让我想起了希腊神话里丰饶女神德墨忒尔与丰产女神贝瑟芬妮的故事。这两位女神是母女俩，是以依洛西斯城为中心的希腊部分地区祭祀的对象。在希腊神话里，女儿贝瑟芬妮在田野里采花时，冥界之王哈迪斯突然乘坐四轮马车出现，将贝瑟芬妮强抢回冥界。女儿的突然失踪令母亲德墨忒尔悲叹不已，并开始走上了寻找女儿的旅途。因为德墨忒尔是丰饶女神，她的悲叹引发了大地的枯萎，这令众神非常苦恼。于是，众神之神宙斯命令哈迪斯将贝瑟芬妮送还给她的母亲。

哈迪斯听从了宙斯的命令，但是在送还贝瑟芬妮时他心生一计，在贝瑟芬妮毫不知情的情况下劝说她吃下了四粒石榴籽。根据冥界的规定，在冥界吃下东西的人就必须要留在那里。于是哈迪斯提出，贝瑟芬妮必须要留在冥界。最后，宙斯提出了妥协的方案，吃下四颗石榴籽的贝瑟芬妮，一年中的四个月需要在冥界居住，剩余的八个月则可以回到地面上，陪伴在母亲的身旁，哈迪斯最后接受了这个方案。

在那之后，因为一年中有四个月的时间贝瑟芬妮无法陪伴在母亲德墨忒尔身旁，大地就在这四个月里出现枯萎，这便是冬天。而当贝瑟芬妮从地府回到母亲身边时，则带来了春天，并带来了大地的丰收。因此在希腊，为了庆祝贝瑟芬妮从地府返回大地，每年春天都会举行“春的祭典”。这个故事涉及了“死亡与重生”这一主题。在农耕民族的眼中，死亡的谷类植物，到了春天就会重生，这是非常不可思议，又非常值得敬畏的现象。生命的气息，在这时会强烈得让人心生恐惧。

因此，春天带给人的印象，与其说是温和而晴朗的，不如说是值得“恐惧”与敬畏的。春之祭典，必定是让参加的人们感受到生命的活力，并表达出内心对“死亡与重生”的欢庆。现在的人们，似乎已经忘记了春天这值得敬畏的一面。当现代的人们看到麦芽从泥土里破土而出时，恐怕很难再联想起象征着重生的少女——贝瑟芬妮的身影了。

在当今发达国家，虽然人们似乎在表面上已经忘却了春天值得敬畏的一面，但是当人们将目光集中在内心世界的时候，却不得不承认来自远古的“春的意识”，仍在影响着人类的心灵。我们应该说，在被称为人生之春的青年期，在所有少男少女的心中，都有着哈迪斯、贝瑟芬妮这样的神在举行着春的祭典。

如果我们把那位患有“地震恐惧症”的女大学生的不安理解为对“突然从裂开的大地里出现的冥王哈迪斯”的恐惧的话，想必就不难理解她的心情了。对于她来说，那些“应该更好地享受青春”“好不容易到了青年期，就应该好好享受一下”的忠告，是没有任何意义的。她所体验到的“春天”，是与恐惧的情感强烈地纠结在一起的，对于她来说，恐怕完全体会不到“春天”的快乐吧。体会了她所感受到的恐惧，并找出引发这种恐惧的本质原因后，我们就可以着手进行下一步的治疗了。对于她来说，也只有坦然面对心中的恐惧，并跨越过这道坎，才有可能慢慢学会如何享受青春所带来的快乐吧。

与男性相比，女性更容易将春天的到来与恐惧联系起来，并在较早的年龄段里就产生强烈的反应。而大多数男性，都不会对春天到来这件事产生如此强烈的恐惧感。我想，这恐怕与男女生理结构的差异有很大关系。对于男性来说，到了青年期的中期阶段，大多数人都会对如何实现属于自己的“春天”的价值这一问题产生烦恼。当然，这也只是泛泛而谈，具体情况是因人而异的。不管怎么说，对春天抱有“敬畏”的情感这件事，对于我们来说是非常有必要予以正确认识的。

无精打采

“春天的到来”不一定会带给人们“恐惧”的感觉，也有一部分青年，会在春天那让人敬畏的力量的驱使下，变得鲁莽与暴躁。我曾问过当过暴走族的青年开飞车时的感受，据他们所讲，开飞车“暴走”时觉得最不可思议的是几乎感受不到“恐惧”的存在。而之后回想起来，则会觉得当时自己怎么会干那么危险的事情呢。用他们的话说，害怕的感觉在开飞车时完全感觉不到，但是，事后如果有人要让自己再干一次的话，则说什么也不敢了。这类青年，其主体意识仿佛被冥王哈迪斯所剥夺了，“春天的恐惧”借助他们的身体传播给了周围的人。而当他们事后找回了属于人类的情感之后，则再也不敢去做之前那样恐怖的事情了。

无论是自己感受到恐惧，还是让周围的人感受到恐惧，这里都体现了青年对“春天的到来”主观上的认知。比起这些，其实更令人感到害怕的是一种完全不具备任何感情的状态。在青年期常见的心理疾病中，有一种被称为“解离症”的疾病。患有这种疾病的患者，会为了保护自己不受到感情伤害，而将自己的内心包裹起来，宛如钻进了一个由厚厚的玻璃做成的胶囊里，完全无法与活生生的现实世界进行情感上的交流。

在患有解离症的患者眼中，“外面的世界看起来好像只是一幅画”。有的解离症患者，虽然会笑，但是不知道自己“是否真的是因为高兴而发笑”。在这里，我并不是想去详细地讨论解离症的问题，只是想强调，春天的风暴是那样猛烈，以至于有的人为了躲避它所带来的感情波动和随之发生的危险，而不得不把自己藏在玻璃胶囊之中而已。其实，解离症患者之中有不少人最后成了精神病患者，或者走上了自杀之路。这些人，我们可以看作是因为抵抗春天的风暴而耗尽了最后的精力。因解离症而自杀的人们，如果生前未能将自己的苦恼诉之于人的话，那么可能别人永远也无法了解到他们自杀的真正原因。

有些青年虽然没有上述的解离症的症状，但是会经常处在“什么都不想去做”的状态。虽然“什么都不想去做”也算是一种“症状”，但是在周围的人看来，这完全是莫名其妙的现象，这种无精打采的人只会让周围的人感到厌烦。这类青年只是心理上觉得什么都不想干，并不是实际上有什么疼痛或苦楚，因此干任何事都让人感觉是虎头蛇尾、有始无终。虽然这类青年也会时常责备自己的“懒惰”，但是，却丝毫不能改变自己的生活状态。

这种“无精打采”状态的外在表现也是多种多样的。有的学生在打工和玩耍时什么事也没有，就是在学校里无法认真学习、获得学分。这类学生虽然经常留级，但在旁人看来，却又是精力充沛的，因此，往往被冠以“放荡不羁”的头衔。

在与这类青年接触时我发现，虽然他们表面上与“春天”“敬畏”等元素无缘，但是，这些元素却在他们本人毫无意识的情况下作用于其内心深处，从而造成了他们做事“无精打采”的状态。我们也可以这样理解，有一条看不见的绳索束缚住了他们的双脚，外人虽然看不出来是怎么回事，但是对于他们本人来讲，却已经陷入了寸步难行的状态。

如果我们按照因果顺序来分析的话，可以这样来解释“无精打采”症状的发生原因。藏于内心深处的元素将患者的心灵占据了，患者对于日常生活中学业、就业、恋爱等本应该加以重视的东西，反而觉得毫无意义，从而完全提不起精神去干这些事。但是，究竟是什么元素占据了自己的心灵，他们本人也无法具体领悟并通过语言表达出来。因此，虽然他们嘴上常说“上了大学也没啥用”“找工作真无聊”等消极的言语，但是，如果要问他们“究竟为什么无聊”“除了学业和工作之外，究竟有什么能让你觉得有意思”等问题的话，他们也是回答不上来的。结果，他们就给外人留下了一种“自以为是”“虚张声势”的印象。

与这样的青年进行对话是一件非常困难的事情。但是，如果理解了我们之前所说的内容，明白他们并非只是在说一些“自以为是”的言语，并在此基础上与他们进行接触的话，一段时间之后，就可以帮助他们把影响他们内心的元素通过梦境、绘画、盆景等方式表现出来。这个时候，作为治疗者的我们，往往也会体会到深深的感动。经过治疗，本来好几年都处于“无精打采”状态的青年，不仅能够毫无问题地重返社会，有时候还会成为一个非常活跃的精英。我想，作为治疗者，没有什么能比看到这些更让人高兴和感动的了。随着人寿命的增加，人生也在不断变长，耽误了几年时间，我想也不会对整个人生造成什么致命的影响吧。

3. 心的构造

目前为止我们谈到的内容可能有些过于通俗。现在，我想通过“深层心理学”的理念再做进一步的说明。有的读者可能会问，你到底什么时候才会开始谈到“梦与游戏”这个话题呢？很抱歉，在谈“梦与游戏”这个主题之前，我们还需要进行一段相当长的铺垫。但是在这段铺垫中，也会出现梦与游戏等相关内容。“梦与游戏”在人生中的重要性怎么强调也不过分，而且，讨论这个主题可以说正是我的本职工作。但是，对于我来讲，在讨论这个内容之前，需要把工作与外在现实进行明确的区分和整理。用心理学的话来说，明确“自我”本位意识是一切心理学研究的前提。因此，在讨论本书的主题之前，我才不得不做一个长长的铺垫。

自我意识的形成

有一件我越想越觉得不可思议的事，就是人们总是坚信自己的存在是独一无二的。那些相信轮回转世的人，虽然相信“自己”曾有前世存在，死后也会以其他形式延续“存在”，但是，在他们的心中，无论何时何地，都不会认为会有一个和自己相同的存在出现。对于这样一个独一无二的自己，我们需要去认真把握自己的心理状况，进而在此基础上作为主体去决定自己的行为，并为之负责。与此同时，我们还需要让自己和他人都充分意识到，“自己”是一个具有连贯性的主体存在。这可以说是生活在现代社会的人们所必须要做到的。这样的主体，我们称之为“自我”。

只要是人，就会有“自我”意识。但是，“自我”意识会因所处的文化背景及年龄的不同而出现多样性。一个人如果想作为“成年人”被认可的话，就需要培养出作为所属社会的成员时能够履行其责任的“自我意识”。刚才在谈到“自我”的作用时，我提到“作为主体去决定自己的行为”这一观点，其实，严格来讲这个观点是有问题的。比如在古代，一个人如果想成为武士阶层的成年人的话，他就必须具备“对主公命令绝对服从、不惜杀身成仁的‘自我’意识”。这个时候“服从主公的命令”虽然可以看作是“主体决定自己行为”的一种表现方式，但是想必生活在现代的人是不会这么认为的吧。

不受主公等其他任何人的意志摆布，只服从自己的意志，只做自己想做的事情，也就是做到的所谓的“承担义务”（commitment），是被现代人高度认同的行为方式。换句话说，现代人追求的是能对自我需求进行判断并能为之负责（commit）的“自我意识”。但是，在西方社会步入近代化之前，却经常把“commit”一词作为贬义词来使用，比如“犯罪”（commit a crime）、“自杀”（commit suicide）等。这恐怕是因为，在当时西方人的眼中，人生来就应该去服从神的意志，而不应该自己去为自己的行为负责。

近代西方世界开始强调“自我意识的确立”，这在世界精神学历史上都可以算是非常罕见的现象。在这样的背景下形成的“强烈的自我意识”席卷了全世界，进而使得西方文明支配了整个人类社会。因此，对于日本来说，“自我意识的确立”也是非常重要的。在日本明治[1]、大正[2]时期的文学作品里，“自我意识的确立”都是非常重要的主题。在当时的日本社会中，为了确立具有主体性的自我意识，必须要做的一件事就是切断与传统家庭的羁绊。为此，很多文学青年选择了离家出走，以至于当时的日本文学几乎可以被称作是“离家出走之人的文学”。

然而，“人”这个东西，并不是能在短时间内发生急剧改变的。事实上，对于日本人来说，不可能形成那种和近代西方人一模一样的自我意识。比如说，那些离家出走的文学创作者，又自发构建起了一个被称作“文坛”的新“家”，并以此为中心产生了新的羁绊。如果

[1] 公元1868年至公元1912年。

[2] 公元1912年至公元1926年。

处在完全孤立、毫无羁绊的状态下，日本人的自我意识就会产生强烈的不安。日本人的自我意识与西方人究竟有何不同，我之前在别的作品中曾多次提到过，因此这里就不再赘述了。我只想说，针对这个问题，日本人是有自知之明的。

如果用一句话来概括日本人与西方人的自我意识的话，我们可以说，近代西方国家的自我意识，是建立在与自己以外的一切断绝联系的基础上的，而日本人的自我意识，则需要时刻与外界保持着某种意义上的联系。如果我们不能充分理解这两者之间的差异的话，那么相互之间的误解与矛盾，也就是不可避免的了。对我自己来讲，很难说这两种自我意识孰优孰劣。但是，到目前为止，我们在社会发展过程中，一直在不断地吸收着西方文明的成果。因此，在可以接受的范围之内，去借鉴一些西方思想中的自我意识形态，也许，也是生活在国际化社会中的我们所必须要做的功课吧。

现代青年的自我意识

在瑞士留学并取得了荣格[1]派心理学分析师资格后，我于1965年

[1] 卡尔·荣格（Carl Gustav Jung，1875–1961），瑞士心理学家。根据荣格派心理学理论，人格可以分为意识、个人无意识和集体无意识三层。

回到了日本。回国以后，我接触了很多日本青年。这当中，不仅仅是作为大学教师与学生进行接触，同时也作为心理医生接触了很多前来治疗和前来针对自己的苦恼进行咨询的青年。这么多年来，虽然我积累了不少治疗经验，但是对于日本青年自我意识的薄弱，很多时候仍感到束手无策。特别是对那些想成为心理治疗师的人，有时候我真的很想对他们说："你们的自我意识如此薄弱，心理医生这份工作不适合你们，不如趁早放弃这个念头算了。"但是，后来我逐渐认识到，我看到的只是表面现象，在盲目批判之前，应该更加认真地去探究这个问题的本质。

针对现代日本青年自我意识薄弱这一问题，我是这样分析的。首先，前面我们已经讲过，日本传统文化中的自我意识与近代西方国家所强调的内容完全不同。但随着日本人思维方式的变化，对"成年人"标准的定义也变得极为模糊和暧昧。可以说，在现代日本社会中，尚未构建起一个清晰明确的"成年人"培养系统。其次，不仅是日本，所有发达国家的青年人所面临的一个共同问题是，随着社会的发展，人们到了青年期，就不得不去面对一些深层次的无意识内容，这就使人们很难形成强烈的自我意识。再次，其实与前面两点有关，就是当今社会的青年们，很难通过某种哲学思想体系将自己的自我意识武装起来。

通过上述分析我们可以发现，我们不应该去强烈地批判现代青年自我意识的薄弱，与我们相比他们在青年期背负着与我们不同的课题。我们不能单纯地指责他们“自我意识如此薄弱，根本无法当心理医生”。当然，我并不是说自我意识薄弱反而适合做心理医生，要想成为心理医生的话，自我意识还是需要被强化的。但是，我们有必要认识到，自我意识的强化是件非常困难的事情，是需要相当长的时间去努力的。

三田诚广所著的《我是个什么东西》很好地描写了现代青年自我意识的薄弱。书中的主人公刚上大学，就被卷进了一场激烈的学生运动中。毫无主见与判断力的主人公，在幼稚的正义感的驱使下随波逐流，被折腾得七荤八素，生活也变得乱七八糟、毫无头绪。最后，还是主人公母亲的出现，帮助主人公将生活安定了下来。最后，小说在主人公“我是个什么东西”的自我怀疑中落下了帷幕。

读完这部作品，大呼“现在的青年可真不像样子”，并对现代青年加以批判的“成年人”非常之多。他们觉得“我们在青年时代，可是更加具有判断力、更加具有自主性的”。然而他们并没有想过，正是这个培育了这些优秀的成年人的社会，才孕育出了这样一群主观意识薄弱的青年人。其实这些优秀的成年人，也有必要像书中的主人公一样，去思考一下“我到底是个什么东西”。我们可以看得出来，过去时代的青年们，正在向书中主人公这样的现代青年自吹自擂般地卖弄着自己的自主性。

为了明确过去与现代青年两者间的差异，我们可以回过头来看看十年前的青年们。那时候，青年们到达了一定的年龄阶段，就会离开家庭，住进集体宿舍。也就是说，那时候的青年们，在离开自己母亲的保护之后，转而被年轻人群体的感情纽带所支撑，借助社会的力量为自己营造出了一个新的母性集团保护伞。对于他们来说，其实母子关系的纽带也是很重要的。只是事实上，在那个年代，这种纽带由亲子关系所产生的天然纽带，转变为了借助成为母性集团中一员而实现的形式。青年人虽然离开母亲成为“成年人”，但其与母性的联系并没有被切断。在这样的社会环境驱使下，青年人在离开母亲成为“成年人”之后，与所在集团的协调一致，却又成为他们生命中最为重要的东西。因此，虽然在所属集团内部，他们可以说是具有自主性的，但是他们却不具备打破集团的内部协调、发挥自己的独立性的能力。

青年借助集体宿舍而过渡成为“成年人”的模式，在日本从近代开始就从未间断过。军队、同班同学、同年级同学、大学内的社团等，都在一定时期内起到了“集体宿舍”的作用。从特定的范围来看，与现在的青年人相比，过去的青年人确实做到了“自主地”“从母亲身边离开”。但是，如果我们从更宏观的角度去审视的话，会发现无论过去还是现在，青年人的本质都未发生根本性的变化。其实与过去相比，现在的日本人对近代西方社会所强调的人际关系的领悟更深。虽然小孩子也是在以家庭为核心的社会环境下成长的，但是日本传统的儿童教育体制已无法正常运转。与此同时，纯西方式的教育模式在日本也尚未生根。在这种社会环境下长大的青年人，自我意识薄弱是理所当然的。无论是日本传统体系也好，还是近代西方体系也罢，现在的青年们，在没有经历过任何一种自我意识强化体系训练的前提下，就草草迎来了青年期。

“不知天高地厚”的青年刚走进大学校园时困惑的样子，在《三四郎》《我是个什么东西》等作品里都有着很好的描述。然而，出现在三四郎面前的与次郎，与出现在“我”面前的学生运动家，在水平与层次上还是有着明显差距的。与次郎的所作所为虽然接二连三地让三四郎感到震惊，但是归根结底，与次郎还算是在日本式母性的保护伞中成长起来的人。而《我是个什么东西》里的学生运动家，只是在一种“想要破坏日本式的一切”的冲动的驱使下盲目行动的人而已。也正因为他自己丝毫没有认识到这一点，才导致了学生运动一无所成，最后，只落得和小说主人公一样的被“母亲”所挽救的命运。

心的多层次结构

前文我们论述了自我意识在形成过程中与社会系统的关联性，现在，我们再从个人心理的内在经验角度来探讨一下这个问题。人在刚出生时，并不具备“自我”意识，随着与外界接触的加深，才逐渐开始意识到自己是一个与外界不同的存在。我对这一过程虽然也极为有兴趣，但是在这里就先略过不提，而是让我们直接来看看从儿童到成年人的这一发展过程吧。在社会迈入近代化之前，通过“成人仪式”（initiation）这一非常巧妙的社会程序，小孩子可以一跃成为成年人。而到了近代社会，没有了这一程序，小孩子则必须经历“青年期”的磨合，才能逐渐成长为成年人。因此，如何顺利度过这段磨合期，就成了近代以后的青年所面对的最大问题。

儿童也会形成属于自己的“自我意识”，然而这种自我意识是必须要依附于成年人的。为了变成成年人，儿童需要打破对外界的依赖关系，作为一个具有独立判断力的人，培养起一个可以独自思考“应该如何与外界建立起联系”的新的“自我意识”。与此同时，还不得不直面生理方面与异性的关系，摆正人类为了繁衍后代而产生的“性冲动”在“自我意识”中的位置。

这是人生中一件非常重大且充满着危险的工作。在前文中我们曾经提到过，在近代社会以前，儿童是可以通过成人仪式“一跃”成为成年人的。但是，如果仔细去研究的话，我们会发现，所有的这类仪式，都是如文字记载的一般，是需要用生命去拼搏、去完成的。与此同时，这些仪式都是在小孩子所在部族的仪式绝对信奉者的保护下，在遵守部族内部社会秩序的基础上进行的。

到了近代社会，在小孩子经历“长大成人”这一危险的过程时，首先为他们提供保护的是他们的家庭。当这个家庭信奉某种宗教时，这种宗教信仰也会为儿童提供重要的保护。当然，家庭背后的社会整体结构，同时也在守护着成长中的儿童。在从儿童到成年人的自我意识转变过程中，发生改变的是儿童的整体。这里的整体是指，儿童从身体到心理，都在发生着变化。用深层心理学的话来讲，就是儿童的“无意识领域”也被强烈地激活了。这样的激活过程，会以各种各样的形式作用于儿童的意识领域，以至于有些小孩子在进入青年期之后就出现了前文我们所列举的各种“病态”的症状。

关于荣格将人生分为前半生和后半生两段来研究自我实现过程的事情，我在其他作品里已经多次提到过了。他将“无意识”分成了“个人无意识”和“集体无意识”两个层次。我们姑且先不管每个层次的字面意思。首先，我认为将人的内心深层构造分为两个层次来看是与现状非常吻合的。而且，当我们从自我意识与无意识的关系出发，去分析人类的行为原因时，以这样的理论为基础去思考会使问题变得非常简单。

如果我们借用荣格的理论去分析的话，会发现以前的青年，在自我意识与个人无意识的联系中，更加偏重于对自我意识变化的认知，而对更加深层的集体无意识的认知过程，则会留在中年以后去完成。因此，荣格认为，自我实现这一过程，一般会发生在人生的后半段。

但是，在当今社会中，这样的区别却变得不甚明显。从普遍的倾向来讲，荣格的理论虽然不能算是错，但是现代的青年们比起从前的来讲，会在很多时候更加直接地去面对集体无意识的内容。

这可能是因为，从近代开始，人们逐渐失去了由宗教信仰带来的来自社会组织的保护，同时，一直保护着青年们的家庭以及由单纯的价值观支撑着的比较简单的社会结构，也因为现代社会价值观的多样化而失去了效力。人类归根结底是追求“自由”的。前文中我们所提到的所有的“保护”，在某种意义上讲都可以算是一种“束缚”。因此，当人们为了自由而斩断了某种束缚时，这种束缚的薄弱性就会被当作社会问题而凸显出来。

这样的社会整体的变化，如果我们去讨论它是好是坏的话，那么就永远没法切入正题了。如果只是感叹一句“还是过去好啊”而聊以自慰的话，也解决不了什么问题。在追求自由的努力过程中，个人责任的不断增大是必然的。因此，我们也不得不从上述问题出发，去研究青年的问题。对于青年来讲，在这样的社会变革下，如果能在某种程度上适应过去时代的模型的话还好说，如果不能的话，就要从青年期开始，面临荣格所说的与深层无意识的磨合，以及自我意识形成的双线作战。或者，就要把这种内在的心理学变化拖延至中年期去完成。在这之前的很长一段时间内，人们能做的，仅仅只是在外在层面掌握成年人应该具备的知识、技能与行动方式，在社会上扮演一个可以“独当一面”的角色生存下去而已。

在这样的情况下，现代社会的青年很难用某种哲学思想体系来武装自己，因此自我意识也就理所当然地变得非常薄弱了。但这归根结底只是相对而言的，并不是说现代青年与过去的青年相比自我意识变薄弱了，而是随着“自我”承受的负担加大，青年处在不知道应该如何定义“自我”的环境下，因而使得自我意识看起来似乎变得薄弱了。如果认识到这点的话，那么作为成年人，就会发现青年们所面临的问题实际上也是我们自己所面临的问题。反之，如果不能理解这个问题而只是空叹“现在的年轻人啊”的话，那么什么问题也解决不了。其实作为“成年人”，我们更应该去探讨一下我们的自我意识的存在方式，并且应该认识到，与现代青年们的接触，对我们自身也是非常有意义的。

4. 现代的青春形象

现在，有的人强调“青春”一词已经消亡了。的确，过去所谓的“青春”，现在已经不复存在了。然后，通过我们到目前为止的分析，我们渐渐可以看到一个属于现代社会的青春形象。这种形象虽然与过去并不相同，但是也在传递着“青春”的气息。现在，让我们一起来看一部描写现代青春形象的作品，吉本芭娜娜[1]的小说《TUGUMI》[2]。

TUGUMI

小说主人公的名字可以引发读者很多的联想，因此也是小说中非常重要的一个内容。主人公名叫“TUGUMI”，如果用汉字写成“继美”的话，应该算是个平凡的名字。但是，如果用假名来写的话，

[1] 吉本芭娜娜（1964–），日本小说家。

[2] 又译为《鸫》。

就会让人联想起鸟类的斑鸠[1]，从而显得不那么平凡了。在小说的开头，作者就明明白白地写到“TUGUMI确实是一个令人生厌的女孩子”。在书中，TUGUMI被描写为“心眼坏，行为粗鄙，满嘴脏话，极其自我，常常撒娇且非常狡猾，她在绝妙的时机，用最准确的词语毫不客气地说出别人最不想听到的事情并引以为傲的样子，完全就是一个恶魔转世”。这样的女性形象，在以前的“青春文学”中可以说是不多见的。在小说中，TUGUMI只有20岁左右，身上还保留着一些少女的特性，因此，与其称之为“女性”还不如称之为“少女”来得贴切。

小说通过记述一位比TUGUMI大一岁的大学生——白河真理亚的一段与TUGUMI共同经历的夏天的回忆而展开。在小说中，TUGUMI有一位比她大两岁，但性格品行与她形成鲜明对照的姐姐——阳子。小说就围绕着TUGUMI、真理亚、阳子三个女性在一个暑假里所发生的事情展开了。

小说中针对TUGUMI会具有这么坏的品行的原因也做了说明。TUGUMI在出生时身体极度虚弱，“医生断言她活不长，家人也都做好了思想准备”。因此，所有家庭成员对她都极其溺爱。小说中对TUGUMI的胡作非为有着大量描写，这里我就不详细列举了。当家人

[1] 斑鸠在日语中的读音也为TUGUMI。

对她的行为感到伤心时，她就冷笑着说道："今晚我就突然死给你们看，之后的滋味可不好受，你们有种就别哭！"她的这种男孩子般的语言往往能收到奇效。

针对这样的TUGUMI，年轻的读者，特别是年轻的女性读者，可能会感受到一种不同寻常的魅力吧。当然，如果要感受到这种魅力的话，不读完整部小说是不行的。在这里，我们不能用太多的篇幅去介绍这篇小说，但是，我们可以看看，小说的作者在书中对于TUGUMI为什么会散发出如此魅力的原因的描写。TUGUMI的恋人恭一，提到TUGUMI时说道："我吧，有时候在想起TUGUMI时，不知不觉中就会陷入对一种巨大的东西的思考之中。""我觉得我的想法，不知道什么时候就和一种巨大得难以想象的东西联系起来了。这种东西应该是人的生与死吧。倒不是说那个女孩身体弱的原因，而是每当我看到她的眼睛，看到她的生活方式时，就会产生一种无缘无故的严肃的感觉。"

作者在书中提到："TUGUMI只是站在那里，就会和某种巨大的东西建立起联系。"之前我们也讲过，与以前的青年不同，TUGUMI与自己内心最深处的意识层次构建起了联系。这种联系一旦构建起来，那些能够让一般人怦然心动的东西，如财产、地位、名誉等，都会在一瞬间失去价值。现代的青年们所背负的课题究竟有多么深刻，这个问题太过复杂，以至于有些人产生了眼不见为净的逃避想法。关于这点，在TUGUMI身上得到了充分的体现。TUGUMI为什么会有那样的具有破坏性的言行，我们也很好理解。对于她来讲，正是想通过对表层构建起来的东西进行破坏，来将深层意识的存在感表达出来。

伤感

从TUGUMI的身上感受到魅力的人们，是否为她那“反伤感”（anti-sentimental）的行为拍手称快呢？“黑色的长发，白皙得近乎透明的皮肤，单眼皮的大眼睛上长着浓密而纤长的睫毛，当她低下头时，就落下一片淡淡的影子。她的手足纤细而修长，仿佛都可以透过皮肤看见她手脚上的血管。她的身材小巧玲珑，宛如天神精心制作出来的娃娃般美丽动人”。当这样美丽的女孩说出如下的话语时，是非常具有震撼效果的，想必会令那些悲天悯人的“情感家”听后晕倒吧。

TUGUMI非常喜欢一只名叫POCHI的小狗。但她却说，如果遭遇饥荒什么食物都没有了的话，“我愿意成为一个可以平静地把POCHI杀了吃掉的人。当然，不是那种事后痛哭流涕，嘴里说着‘谢谢你为了人家而牺牲，对不起’等话，认真地将它埋葬，并拿起一根骨头作为装饰品一直带在身上的废物。如果可能的话，我想当一个完全不受良心的谴责，事后说一句‘POCHI的味道不错’而一笑了之的人。当然了，我说这些最多算是个假设”。这段话，可以算作是典型的“反情感家”（anti-sentimentalist）言论了。

可能是受到了到第二次世界大战为止的德国学生所唱的学生歌曲的影响，日本旧制度下的高中宿舍歌，都多少带有一些“伤感”（sentimental）的色彩。在当时，提到青春，人们首先想到的就是“伤感”，但是现代的青年对此恐怕会有相当大的反感吧。特别是在女性中，估计有不少人听到TUGUMI的言论后会忍不住大声叫好。为什么变成这样呢?

关于“伤感主义”，大江健三郎在《人生的亲戚》一书中，借用登场人物——美国天主教徒女作家弗朗利娜·奥克纳的话，做了如下的论述:“奥克纳说过，‘如果过分强调天真无邪的话，我们反而会走向另一个极端’。她还说:‘本来，我们就已经丧失了天真无邪的心。即使是天主教中的赎罪，也不是一朝一夕可以实现的事，而是需要长时间的积累与努力，才能让我们重新找回到天真无邪的状态。’也就是说，想跳过现实世界中的努力过程，简单地去追求尼采所强调的天真无邪的话，就只能不切实际地空伤悲（sentimentality）了。”

如果我们把上面的叙述用简单易懂的语言进行解释的话，就是“理想的实现‘不是一朝一夕的事，而是需要长时间的积累与努力’，当我们‘幻想跳过现实世界中的努力过程，直接去追求尼采式的梦想实现方式’的话，就可以被称为‘伤感’了”。这种“伤感”，是与现实中的努力脱节后产生的一种过剩的感情。过去，人们曾将对这种过剩感情的讴歌，当作“讴歌青春”来看待。

然而，现代的青年们，掌握着大量关于现实社会的信息，关于有些不切实际的理想，他们深知是不可能实现的。相比之下，过去的青年们却没有想这么多，只知道怀着各自的“梦想”，为了实现理想而拼搏。话虽如此，但这些理想不是那么简单就可以实现的，因此，过去的青年们往往就陷入了“伤感主义”而无法自拔了。在这个问题上，现代的青年们，为了显示自己没有那么天真，又或是为了否定长辈们所期待的那种青春形象，不得不将自己变为“反伤感主义”，进而变得和TUGUMI一样，“想成为可以平静地把POCHI杀了吃掉的人”。

这样的理想虽然与过去的青年不同，但是，现代的青年们想说这样的话的冲动，正是青春的表现。即使是头脑清醒的成年人，在有食物的时候，固然不会有想吃掉POCHI的想法，但是，当饥荒来袭时，如果有必要，也不得不杀掉POCHI来充饥。因为这时候，人们不再有能够去思考非现实问题的余力。《漫无目的，水晶》里的那位小哥所说的“没什么烦恼”这句台词，其实也反映出了同样的性格。现代的青年们其实想说的是，他们并没有过去的青年那样揪着头发、脸色青白、冥思苦索要去解决的“烦恼”。这也可以说是一种“反伤感主义”的表现。这样的表现，其实并不意味着现代的青年们没有“烦恼”。我们只能说，这里涉及的东西太过深邃，以至于青年们想不到有什么可以让其他人明白的表达方式，才不得不这样说的。

死

我们前文提到过，TUGUMI的魅力源于她与自己内心深处建立起的联系。这同时也意味着，她清楚地意识到，自己的生命与死亡是那样的接近。人的生命与死亡虽然只是手心与手背的关系，但是，普通人的话，在自己活着的时候，往往是意识不到这一点的。但是，当人们在面对死亡时，会看到普通人所无法看到的“真实”。TUGUMI之所以经常会说出让听者感到极为难堪的话，正是因为如此。虽然听上去她的话是那么粗鄙无礼，但是字里行间却隐藏着某种“真实”的意味。

TUGUMI因为体弱多病，从很小的时候开始就不得不时刻面对死亡。在青年期，谁都思考过死亡。作为青年期心理激烈变化的一种表现形式，很多人开始思索“死亡与重生”这一命题，并总觉得死亡正以某种说不出的形式在向自己逼近。但是，与此同时，青年期又是生命力极其旺盛的时期。因此，虽然在这个时期很多人想到了死亡，但是却没有什么机会与死亡“亲密接触”。当然，在过去，也有人从青年期开始就不得不面对死亡，但是，在很多情况下，既存的宗教为这样的人提供了很好的保护。从这点上我们就可以看出，TUGUMI的状况是多么严重。

TUGUMI深邃的目光可以看到常人所无法看见的“真实”。但是，她并没有花时间去让别人理解她所看到的东西，而是一股脑地将所感受到的东西直白地表达了出来。从她的行为举止中，我们可以看出TUGUMI的年轻幼稚。拒绝“伤感”的感情，为了将所感触到的“真实”一股脑地表达出来，TUGUMI选择了男性化的语言。这样的表达方式非常有效，同时，也作为“反伤感”的代表性语言，将青春的特征淋漓尽致地展现了出来。这个地方，同时也反映出了我们之前提到的青年“自我意识的薄弱”的现象，与其说是TUGUMI自身过于弱小，不如说是她所领悟的“真实”过于沉重，而她自己又不具备“通过长时间的努力与积累”来经历“现实的过程”的坚强。

TUGUMI的恋人恭一的爱犬权五郎被一个高中生无赖杀死了。得知这个消息后，TUGUMI的心中燃起了强烈的怒火。她不惜耗尽生命中最后一份力量，挖下了陷阱，将那个高中生无赖活埋了。姐姐阳子察觉了此事，在危急时刻将高中生救了出来，避免了TUGUMI成为杀人犯的事态，但TUGUMI此刻也因体力耗尽被送进了医院，生命也出现了危险。

“TUGUMI舍弃了自己的生命”，阳子是这样想的，“TUGUMI真的是想杀人，为此，她不惜去干一件远远超出自己体力的事情。在她心目中，对方的死，比自己爱犬的死要轻得多”。可是，这又该与她之前自己所说的“想成为可以平静地把POCHI杀了吃掉的人”这句话，如何关联起来来看呢？其实，这里面并不存在任何矛盾。后者只是将支撑着前者行为的TUGUMI的情绪，通过“反伤感”的形式表达了出来而已。她为了一举实现自己的理想，已经做好了杀死对方，自己也随之力竭从而生病而死的心理准备。

从“为了理想而不惜牺牲生命，不惜一切代价也要一举实现自己的理想”这个举动来看的话，TUGUMI与过去的青年们也没什么区别。只是，过去的青年为了天下、为了国家才会这样做，而TUGUMI的所作所为仅仅是为了一条狗。像我们之前谈到过的，在居住于深邃世界里的TUGUMI的眼中，一条狗与一个国家其实也没有什么太大的差别。而对于过去的青年们来说，天下也好，国家也罢，他们都看不到其中的“现实”，因此，才有了许许多多的理想。这点是两者最大的差别。

TUGUMI预感到了自己的死亡，并写信给真理亚，作者以此作为小说的结尾。但是实际上，作者已经在字里行间告诉了读者TUGUMI已然保住了性命。因此，我们可以说，TUGUMI体验了一次内在的死亡与重生。但是，我们可以试想一下，如果没有阳子这个老好人的姐姐，那么TUGUMI没准已经丧失了生命，而且，即使她能活下来，也将背负上杀人犯的沉重负担。因此，我们可以说，是阳子的存在让TUGUMI获得了重生。

像这样分析的话，我们可以发现，之前我所强调的“强大的自我意识”，应该是通过TUGUMI与姐姐阳子的合体才可以实现的。我们也应该会明白，这样强大的自我意识虽然是人生不可或缺的，但是我们不能期待青年人立刻就具备它。我在一段时间内曾为现代青年自我意识的薄弱而感到无奈，后来之所以改变了想法，正是因为意识到了这点。

第二章
青春的现实

现代的青年生活在什么样的现实之中呢？如果我们将当今社会与十年前、二十年前、三十年前进行比较的话，就会发现青年们所处的现实社会正在发生着翻天覆地的变化。但是在这里，我并不想按照年代顺序，一一列举青年们在考试、就业、生活水准等方面的变化。这项工作交给相关领域的专家去做就好了。在本书中，我只想从本质角度和大家一起去探讨一下青年们所面对的“现实”。在此之前，我觉得我们有必要先去研究一下，在现代社会的人们眼中“现实是什么”这一问题。因为，现代的青年们，正生活在这样的“现实”之中。

1. 现实的多层次性

在前文中我们在研究心的构造，已经谈到了多层次性这个问题。在研究何为“现实”这个问题时，我觉得用多层次性的观点来分析也是很合适的。在佛教的哲学中，现实世界是由“心”而生的，然而，在另一些哲学体系中，则认为在“心”之外也是有现实存在的。我认为，我们不应该强迫自己在上述两种说法中进行二选一，如果将“心”与“现实”看作是平行的多层次结构，则更具建设性。或者，我们可以将“现实”看作是一个整体，为了表述方便，又可以将“现实”分为“外在的现实”与“内在的现实”两个层面来看待。

我在心理咨询室里见到的青年中，不少人都喜欢说自己父母的坏话。记得有一个青年抱怨自己的父亲既固执又爱摆出家长的架子来压人，他不明白世界上为什么会有如此冷酷的人。之后，我见到了他的父亲，发现就是一个普普通通的公司职员。当然，光通过外表，我们无法判断到底是儿子对父亲有误解，还是父亲在家中有着不为外人所知的另一面。总之，通过这件事我们可以发现，儿子眼中映射出来的父亲的“现实层面”是与众不同的。关于这个问题，有必要花长时间去慎重地分析和探讨，但是不管怎么说，我们都可以看得出来，“唯一正确的现实”是不存在的。

如果我们认为现实也是多种多样的话，那么，到底什么是现实呢？接下来我们就来分析一下这个问题。

什么是现实

“现实”这种东西，其实是和“理想”相对而言的。过去，人们通常认为，青年在追求理想的过程中与现实发生碰撞，在体会到现实的残酷性后逐渐长大成人。但是，这种想法到了现代社会却变得不那么正确了。理想在与现实相对比时，还会呈现出“梦想”这种表现方式。关于这点，现在有不少成年人批判性地认为“最近的青年们都没有什么梦想”。与此同时，现代的青年们也许也会说“理想算个什么玩意儿”。

我们往往会在普通的意识层面上去捕捉“现实”。然而，很多报道都表明，癌症患者在得知自己的病情后，知道自己不得不面对死亡时，往往会看到外面的世界散放着异常的光彩。我想，癌症患者们在得知自己患病之前，可能从来没有意识到外面的世界竟是如此精彩。外界事物在人的眼中都会产生如此大的变化，人际关系则更是如此。

我们之前已经讲过，在他人眼中的“普通”人，从自己的子女眼中看去却如魔鬼般可怕。同一个人，从不同人的眼中看去，得出的印象有时是相反的极端。

对于这样的外界事物，人们在近代科学方法论中明确了“从人类应该观察的现象中将观察者自己排除，之后再去研究这种现象中蕴含着的因果关系”的法则。这样，当人类掌握了这些自然现象中蕴含着的普遍因果关系后，就可以去操纵这些现象，并让我们人类享受到极端便捷的生活。在这样的法则体系中一旦出现矛盾将是一件非常麻烦的事情，因此，人们曾一度热心于将现实世界用单一层次的体系化模型去概括和总结。

对于人类来说，生活当然是越便捷越好。因此，上述的对现实的认识方法可以说是非常有效率的。但是，如果人们将自然科学研究中的单一层次模型看作现实的本质的话，那么就会产生新的麻烦了。我认为，现实的本质应该是多层次的。虽然有人无法承认现实的多层次性，虽然自然科学中的模型更有利于我们去操纵现实，但是我想，他们也应该会承认，这些并不是现实的本质。

曾经人们提到“理想”时，会想到很多很多的东西。但是，近代以后，人们通过前面我们提到的单一层次的模型将理想变得具体化、可视化。因此，拥有这样具体、可视的单一性“理想”的人也变得越来越多。很多青年正是为了这样的“理想”而激情燃烧，并遭受挫折的。当然，因为这样的挫折体验可能过于深刻了，以至于现在许多青年没有自己的理想，并觉得理想这个东西是无法拥有的。

但是，当我们成年人在强调理想的重要性，并为现代青年没有梦想而感到悲哀之前，我认为我们首先应该重新思考一下“现实到底是什么”这个问题。当然，如果有人只是想把现实与梦想、现实与理想等概念单纯地一分为二思考的话，那么也是他的自由，我无权干涉。

将理想看作是在单一层次的现实的延长线上的产物的话，确实比较便于我们理解。但是，现代的青年们所面对的现实是多层次的。当现实呈现出与我们通常意识中所感知到的不一样的一面的时候，我们会变得无所适从。如果我们觉得通过操纵现实可以让我们变得无所不能的话，那么就会非常主观地认为现实是可以按照自己的意识进行改变的。但是实际上，当结果并不如我们所想象的那样时，我们就会被一种强力的无力感所侵袭，进而觉得任何努力都是没有意义的。当被表层的现实所影响而患得患失时，我们就会变得如同小丑一样，甚至到最后，连自己到底想做什么也不知道了。为了摆脱这样的状况，我们唯一能做的，就是重新审视我们所面对的现实。

两只羊

现代青年们所体验的“现实”，与过去相比真的在层次上有那么不同吗？为了说明这个问题，让我们一起来看一个“羊”的例子。不用多说我们也知道，羊这个物种从过去到现在都没有什么变化。然而，在明治时代的青年和现代青年的眼中映射出来的羊，确实是大不相同的。在拜读村上春树的《寻羊冒险记》时，我立刻就想起了另外一只羊，那只明治时代的三四郎所遇到的“迷途的羔羊”。这两只羊虽然都是那么神秘，但是却又属于完全不同的两个层次。

在《寻羊冒险记》里有一段关于羊的非常有意思的说明。羊这个物种，虽然在日本安政[1]年间就被少量引进日本，但是真正的开始大规模引进则已经是明治时期的事了。因此，羊虽然位列十二生肖之一，但是对于日本人来讲，却不知道它到底是一种什么动物。在书中，作者总结道羊是“和龙、貘一样，只是想象中的动物罢了”“作为国家行为，羊被从美国引进到日本，在日本被饲养，最后又遭到抛弃”“想来想去，日本的近代化也就是这么一个过程吧”。我们可以

[1] 日本江户时代的年号之一，公元1854年至公元1859年。

看出，在村上春树的书中羊这种动物，是具有极大的象征意义的。

让我们再来看看明治时期的情况。对于明治时期的大学生三四郎来说，东京是一个让他接二连三感到震惊的地方。在东京与“近代”的邂逅，让他惊讶得瞪大了双眼。而出现在他目光焦点之中的，是一位名叫美弥子的女孩。这时，在三四郎心中出现了“三个不同的世界”。第一个是他在乡下老家感受到的“与次郎所说的散发着明治十五年（1882年）以前的香气”的世界。第二个世界是广田老师与野野宫先生为他所创造的学术的世界。“第三个世界如春天般绚丽多姿，这里有电灯，有银色的汤匙，有欢声，有笑语，有盛满泛着泡沫的香槟的酒杯，更有超凡脱俗的美丽的女孩。这个世界对于三四郎来说，是最为深厚的。这个世界对他来说近在咫尺，然而当他想要去触碰时，却又忽然变得远如天外的一缕闪电”。

在被夏目漱石先生用独特的文笔勾画出来的三四郎的心中，那只生活在“最深厚的世界中”的羊，就是迷途的羔羊。三四郎的心被迷途的羔羊所夺走，以至于在大学课堂上也无心听讲。三四郎用尽全力、不顾一切地去追寻这只羊，结果在小说结尾时，它却消失在了三四郎的眼前。对于三四郎来说，这只羊自始至终都是一个未解之谜。

作为明治时期的青年三四郎眼中的现实世界中未解之谜的象征，夏目漱石刻画了一名女性。三四郎与这名女性在书中只有一次肢体接触。在一个小泥潭前，美弥子拒绝了三四郎的帮助，想要自己跳过去，结果因为用力过猛，双手落在了三四郎的两腕上。这是唯一一次，也是最后一次三四郎在书中与美弥子发生肢体接触。

《寻羊冒险记》中的“我”所邂逅的羊，与三四郎心中的羊完全是不同层面的产物。这只羊以“羊男”的形象出现，根本说不清它到底是人还是羊，到底属不属于这个世界。对于三四郎来说，美弥子就是个谜，然而同样是谜，这与“我”心中的关于“羊男”的谜，也不在同一个层面上。我们可以说，现代青年所不得不去面对的“现实”，已经超越了三四郎心中那“最为深厚”的世界。

羊男

我们应该关注的是，三四郎心中关于这个世界的谜，是通过一位异性体现出来的。而对于现代青年的“我”来说，“羊男”则可以算是同性中的另类。对于普通青年来讲，虽然有时候异性是比较难以接近的，但还是会想方设法去试着接近，并可以试着通过语言去搭讪。然而，如果对象是羊男的话，则连直视它都会变得非常困难。通过这点我们可以看出，与过去的青年相比，现代青年所面对的现实的层次，是多么的深邃。那么，现代青年所面对的“羊男”究竟是何方神圣，现代青年们为什么又会去面对它呢？接下来，我们就通过剖析

《寻羊冒险记》这本书来为大家解答这些问题。

在《寻羊冒险记》这本书的开头，村上春树以“从报纸上偶然得知她的死讯的一个朋友打电话把这个消息告诉了我”这一情节拉开整个故事的序幕。虽然小说的开头就提到了“女性的死亡”，但是这个消息是朋友偶然在报纸上读到的，也就是说，可能一不小心大家就会忽略这个事实。“我”是在20岁时第一次与她相遇的，那时她17岁。“我”已经不记得她的名字了。“从前，某个地方有个和谁都睡的女孩”，这便是她的名字。“我”也和她睡过。当然，用她自己的话来说，她也并非“和谁都睡”，她也有自己的基准。她说:“也许，终归我是想了解各种各样的人。”

“那么……可多少了解些了？”

“多少了解了一些吧。”她说。

当脑子里出现与她的这段对话时，“我”是这样回忆的。

“那时我21岁，再过几周就22岁了。眼下从大学毕业是没有指望了，却又没有像样的理由中途退学。在这一切都莫名其妙地掺杂在一起的绝望之中，好几个月我都未能迈出新的一步。”

这里所描写的青年“未能迈出新的一步”的状态，与三四郎对那位名叫美弥子的女性抱着淡淡的爱恋，但是“没有为了接近她而跨出一步”的状态完全不同。可以看得出后者的心中是怀有梦想的，而前者则陷入了毫无梦想的绝望之中。三四郎心目中既是梦想又是谜团的异性，对于“我”来说则是早已了解了的事物。然而，这种了解究竟到了什么程度呢？小说中的“她”说，自己只是“多少了解了一些”。之后我们也会提到，异性不是一个那么容易了解的东西。大多数现代的青年，只是“多少了解了一些”之后，便忽略了这个问题的重要性，以至于后来吃了大亏。

“我觉得整个世界都在不眠不休地运转，唯独我滞留在同一个地方举步不前。1970年的秋天，放眼望去，似乎无一不凄凄切切，无一不惨惨淡淡。就连阳光与青草的气息，以至于淅淅沥沥的雨声都令我感到焦躁不安。”

村上春树在这里所刻画的青年形象，准确地反映出了现代青年内心深处那种我们前文所提到的“无精打采”的精神状态。

非常遗憾，受篇幅所限在这里，我们不得不省略一些小说中的具体描述。在无精打采状态下的“我”，见到了羊男。更准确地说，正是因为“我”陷入了这种状态之中，才遇到了羊男。又或者说，正因为羊男在内心深处的蠢蠢欲动，才将“我”逼到了绝望与孤独的境地。在这里，我们不好说哪个是原因哪个是结果。不知为什么就发生了“这件事”。

在“我”遇到羊男之前，所遇到的一个神奇的人物“羊博士”也很值得玩味。我们在这里，不妨将羊博士与小说《三四郎》中所描述的那个被称作伟大的阴影的人——广田老师进行一下对比。当儿童变为成年人时，需要有人教给他们在成年人社会中应该具备的知识与习惯等。这样的人，往往被称为教育者或指导者。一般来讲，这些人只负责教给儿童“正确的”东西，因此他们的工作貌似不是很有难度（这么说，我有可能会被骂吧）。与此不同的是，一些教育者或指导者会根据受教育被指导的儿童的个性因材施教，为每个儿童找到属于自己的路。这样的人，在世人眼中一般来讲是与众不同的，是必须要和普通人区别对待的，而广田老师和羊博士，则正符合了这样的条件。

广田老师也是一个彻头彻尾的“怪人”。他若无其事地妄言日本“将要灭亡”的样子，让三四郎惊讶得合不拢嘴。然而羊博士的“怪人”形象，却和广田老师完全不同。这种不同，反映了三四郎与“我”在生存的艰难程度上的差距。对于“我”来说，见到羊博士是件幸运的事情。因为，现代社会里，大多数青年都被“教育者”和“指导者”所包围，并被磨灭了个性，很少能够遇到一个可以帮助自己找到一条符合自己个性的路的人。或者说，即使碰到了这样的人，也可能被青年们当作傻瓜而忽视。或许在青年们的心中，觉得和这样的怪人接触是在浪费时间吧。

羊博士针对自己过去曾经吃过的苦说道：“你可以体会那种只有思念，而一切表象都被连根拔起的状态吗？”实际上，这句话中所提到的“思念”，其实并不能被称作“思念”吧。作为羊博士的体验，这种感觉应该算是“羊在自己的身体中”的反应吧。不是因为思念，而是因为“羊”存在于体内，所以“表象被连根拔起”，进而苦不堪言。说出这话的羊博士，被贴上精神错乱的标签也是在所难免的。为这样的人准备的“医学角度”的病名，可谓不胜枚举。

在青年期，确实有这样与现实社会脱节的人存在。过去，荣格曾经用画图的方式诠释了这一现象，并指出人们往往到了中年以后才会开始慢慢体会到这一层面的现实。而且，能有这种体验的只是少数人而已。现代的青年们，也有按照荣格所描述的过程成长的人，然而与生活着大大小小的羊男们的世界发生过接触的人，则占了大多数。因此，羊男这一课题，与其说是属于“青年期”的，不如说是从青年期开始，在某种意义上人们一生都要去面对的问题。羊男在不断改变着自己的存在方式，改变着自身的存在环境，并在必要的时候出现在人的内心世界里。事实上在村上春树的作品中，中年人的世界里也出现过羊男这一角色。《寻羊冒险记》这本书，将现代青年所面对的艰难很好地表现了出来。

2. 体制的矛盾心理

儿童将要长大成人时，其对成年人社会的看法，将会影响到青年期对儿童自身的影响与意义。在社会步入近代以前，特别是当人类社会还处于古老体制的保护之下时，人们相信所处的世界是由神所创造出来的最高形态，丝毫没有可以改变的余地。因此，人们希望自己的孩子可以尽早成为这个社会的一员。在这样的社会里，儿童可以通过成人仪式一跃变为成年人，因此，青年期在那时并不具有什么重大的意义。

安定中的不安

近代以后，随着社会的“进步”，人们开始认识到进步的重要性，青年期的分量在人们的生命中也变得越来越重。青年人则担当起了为即将到来的进步而时刻准备着的预备队的角色。因此，近代以后的青年人，肩负着融入这个社会体制和改变这个社会体制的双重任务，而这两者之间又有着千丝万缕的内在联系。也就是说如果将重心偏向于变革，则会产生全盘否定现有体制的倾向，如果过度热衷于现有体制，则又会被批判为“没有青年应有的样子”。

即使我们抛开与社会的关系不谈，到了青年期儿童也在生理方面开始向成年人过渡。针对这个问题，我们在下一章会详细探讨，这里我想说的是，这种“改变”和外部没有关系，是发生在人的内部的一种变革。因此，青年们常常会体验到一种由内而外的变革的冲动。这种内在变革很容易流于外在表现，这就是为什么青年们经常会觉得现实世界“不改变很奇怪”“应该进行变革”的原因。

从这个角度来看，青年期是个不安定的时期。这个时期出现不安定的现象也是理所当然的。还记得在那个学生运动相当激烈的时期，有个学生因为在接触他人时会产生不安，所以很少外出，连学校也只是偶尔去几次而已。然而一次他去学校时，正赶上学生们在召开一个类似于学生大会的活动。他身后的人告诉他，学生领袖正在宣读貌似是教授会给学生们的答复之类的东西，旁边的另一个学生则在表达着胜利来之不易、我们要珍惜之类的意思，整个集会带给参与者一种莫名的安心感。

这时，他突然被一阵不安所侵袭，进而脱口说出了一些过激的意见。没想到大家竟然为他鼓起了掌，这之后他就被推选为了学生领袖。让人百思不得其解的是，在剑拔弩张的外部不安定环境下，他反而可以冷静、顺畅地行动，而当事态趋于平静时他内心深处的不安则不断加深，以至于让他在与人接触时都会感觉到恐怖。也就是说，外界的安定会引起他内心强烈的不安。这种“安定中的不安”可以说是青年期的一大特征。不安定的感觉，与这个时期更加吻合。

《漫无目的，水晶》这本书，正是一部与我们所讲的青年期的纠葛有关，且带有反驳意味的小说。成年人眼中的青年期必须要经历的“苦恼”，实际上与现代的青年们毫无关系。这本书所要表达的，正是这样一种反驳的意见。小说的作者想表达的是，无论在大人眼中青年是怎样的“龌龊不堪”，在现实世界中青年们不仅不龌龊，反而纯洁得如同透明的结晶体一般。然而在小说中，无论作者怎样通过描写青年生活的平稳来讽刺成年人，都不能掩盖处在青年期的人们内心深处的不安。因此在作品结尾处，作者也不得不提到了“十年后的不安”这个问题。

《漫无目的，水晶》的女主人公虽然可以无忧无虑地享受青年期，但是当畅想十年后的生活时，心中也会产生隐隐的不安。所谓十年后的不安，并不是说女主人公现在心中就完全没有不安的感觉存在。最大的可能是主人公内心的不安虽然正在蠢蠢欲动，但由于这种不安隐藏得太深，主人公要体会到它还需要十年的时间。实际上，这部作品之所以能够取得成功，正因为它表面上是在描述青年生活的“漫无目的性”，但实际上也描写了这种生活背后隐藏着的青年对内心深处的不安的淡淡的认识。这也许正是这本书以水晶作为标题的原因吧。如果不是这样，那么，书中所描写的内容，最多只能称得上是玻璃球了。

体制与梦

在我们思考如何改变体制之前，还是先让我们一起来看看自己的内心深处吧。我们人类，作为具有一定程度的整体性和一贯性的主体，每个人都有自己独立的人格。也就是说，我们每个人内心深处都会形成一个被称为“自我”的体制。然而，“自我”并不是一成不变的，而是随着时间的推移在不断发生着改变。当“自我”要去构建体制时，就意味着与此相反的倾向与心理活动被深深地埋藏在了意识之下。

让我们来看一个例子。尊敬自己的父亲，继承父亲的事业和遗产，对谁来说都是一件再正常不过的事情了。然而，有一位男子在这个时候却做了一个父亲烂醉如泥，进而大发酒疯的梦。梦境毕竟不是“现实”，然而这个梦带给他的冲击过于巨大，使得他不得不陷入深深的思考之中。通过这个例子，我们可以分析得出，他的“梦”具有与他内心中的自我体制发生强烈冲突的倾向。

这位男子自我意识中“现实”世界的父亲，是非常优秀且具有绝对权威性的存在。尊敬父亲，对他的“自我”来说是可以获得利益的事情。然而，他在“梦”中所见到的父亲却与现实世界完全不同。这时候，他认为梦境中的现实才是“正确的”，进而想要去反抗父亲，很多时候也很难取得成功。这是因为他并不具备可以和父亲所构建的体制对抗的能力。还有一种可能，就是他会自我开解到“这只是个梦”，然后将梦中的事实丢到一边，继续去过以前的生活。但是，即使是这样，他也会不断为隐藏在安定的生活下面的不安感到烦恼。

对于他来说唯一一条路，就是将对父亲的尊敬与梦中“父亲烂醉如泥”的形象全部接受，在这样的纠结与矛盾中生活。解决这种纠结的方法不是那么容易找到的，因为对于这样的问题，原本就不存在什么一般意义上的解决方法和普遍意义上的正确答案。如果将父亲看作是毫无缺点的至高权威，又或者是一无是处的人的话，可能答案会自动得出吧。因为如果我们将单一层次的系统作为模型的话，很容易找到所谓的“正确答案”，然而，这样做往往会与现实相违背。如果我们真的要去研究“现实”问题的话，那么就不得不将“梦”这个因素也考虑进去。因为从梦中，我们更容易理解到“现实”这种东西的不可思议。

个人内部发生的事情与社会内部发生的事情之间是一种并行的关系。任何社会都有相对应的“体制”存在。这种“体制”会在最大程度上被加工成一个不存在矛盾的统合体。然而，在这样的情况下肯定会造成一切与“体制”不相符的事物都被排除在外的倾向。被排除在外的思想与行为会越积越多，力量会越来越大，最后以民众的“梦”的形式表现出来。当然，这种“梦”的外在表现形式是多种多样的，有可能是在“体制”关注不到的角落里“窃窃私语”，也有可能是隐藏在艺术作品中被间接地表达出来。

这样的“梦”，有时会渐渐地拥有具体的表现形式。这时，有的人会为“梦”配上贴切的语言与口号。当这样的语言与口号传播出去后，“梦”就迅速显现在人们的生活中，并引发起一种“运动”。这种“运动”发展到极端就会转变为革命的形式。从古至今，如果我们认真去研究每一场革命或变革的话，就会发现这里面都有着“青春”的身影。青年们因为对从内而外的变化与梦想非常之敏感，进而对社会变革变得执着起来。

实现梦想的过程，实际上是充满着困难与危险的。因此从古至今，不知有多少青年在实现自己的梦想的过程中体会到了困难与挫折。这其中有的人甚至牺牲了自己的生命。梦想本身虽然是有价值的，但是由于梦想往往是和外在现实混在一起的，因此，在实现梦想的过程中，对外在现实的感知力也十分重要。当然，如果对外在现实的感知力过于强大，则有可能会造成对梦想反应的薄弱。

梦想有可能会立即引发“革命”，然而这并不是说梦想一定会导致这样大动作的发生。梦想也是有大有小的。梦想因人而异，有的人的梦想是与所处时代的潮流和发展趋势相吻合的，有的则不然。最近我渐渐开始觉得，这件事情本身就不是可以做明确判断的。换句话说，过去看到那些在时代大潮中随波逐流的人我只是觉得他们“浅薄”，但现在看来，与其这样轻率地做价值判断还不如认为，属于这些人的个性化道路与时代的潮流是相符合的。

意识形态的终结

在前文里，我们在用了“针对体制的梦想”等词语来阐述问题，对于那些更喜欢实际与知性表现的人来说，也许用“反体制的思想”或者“意识形态”这些词的话更加合适。确实在过去，青年的反抗是通过意识形态表现出来的。我们这代人小的时候，在乡下只是单单听到“思想”“意识形态”这些词语，都会感到莫名的恐惧呢。

对于大人们构筑的体制中的矛盾与缺陷，青年们利用条理清晰的意识形态去攻击。这个时候青年的意识形态与现有体制的冲突往往是尖锐的，而往往最后失败的是现有的体制。这个时候，体制就会用尽一切方法对新的意识形态进行弹压。正因为上述过程反复发生，因此，青年们就被贴上了“反抗”与“意识形态”的标签，而不具备这些特点的青年人，则被看作是“完全没有青年的样子”。

然而20世纪60年代，一种被称之为“意识形态的终结”[1]的潮流席卷了全美。十年后，日本也随美国之后出现了同样的社会倾向。在这股潮流的影响下，青年们将某种意识形态像标枪一样投向成年人的场面突然间就消失不见了。

经常被青年人当作“反抗”对象的大学老师，最近也开始哀叹现在的青年们无精打采的，完全“没有个青年的样子”。其实发出这样哀叹的老师，在之前学生大规模“反抗”老师的时候，也不会表现出一副兴高采烈的样子。现在的大学生们不会再谈什么“意识形态”了，他们只是老老实实地去上课，甚至会出现对“校方停课”表示不满的学生。这不禁让人感叹，现在大学生的样子真是变了。

关于“意识形态的终结”这一描述，众所周知美国社会学者丹尼尔·贝尔出版了同名著作，这本书之后还被翻译成了日语在日本国内出版。接下来我就简单总结一下贝尔的思想。贝尔认为，在20世纪60年代的美国，马克思主义、自由主义、无政府主义等意识形态已经失去了对人类生活的影响力。其原因在于，在欧美等西方发达资本主义国家，那些励志于社会改革的仁人志士的思想与能量，已经渐渐被国家机构与政府政策所吸收。因此，社会中不再存在意识形态对立的激化，取而代之的是所有意识形态的需求，都在现实社会中通过某种形

[1] 先进资本主义国家中，阶级斗争带来的变革会随着“社会美满”而失去效应的理论。

式得到了不同程度的满足。在这样的背景下，原本激烈的对立就得到了缓和。在这样的社会环境中，在某种特定意识形态的驱使下，去追求某种非现实理想的热情逐渐被浇灭，人们不再去关注意识形态，而是把注意力逐渐转移到了追求可以解决实际问题的知识与技术方面，寄希望于掌握科学实证研究的能力，以便于发现实现梦想的新的方向与方法。

让我们再回到青年的问题上来，随着时代的变化对于青年们来说，比起通过吸收新的意识形态去做实现理想的春秋大梦，他们更偏重于实际的学习与研究。这也正是贝尔所主张的“意识形态的终结”。与20世纪60年代相比，现在随着冷战的结束，过去被看作理想国度的共产主义国家已经基本不复存在，“意识形态的终结”这一现象，已经变得越来越真实。

在这样的社会环境下，青年们是否就失去了“梦想”呢？现代的青年们是否都像贝尔所说的那样，都在老老实实地学习可以解决现实问题的必要的知识与技术呢？事实上，在像我这样的经常与现代青年接触的人看来，贝尔的想法还是过于单纯了。首先他自己恐怕都没有注意到，他所说的“学习可以解决现实问题的必要的知识与技术”的意愿，其实也可以算是一种意识形态。也许，在贝尔看来，科学知识是“正确的”，因而与意识形态什么的没有关系。然而，这样对“什么是正确什么是错误”加以判断的行为，其实也是一种意识形态的表现。

对于现代的青年们来说，追求超自然现象是寄托反体制之梦的一个方式。的确，从近代开始科学与技术的发展在不断加快，如果我们认为科学是可以解释一切的，世上没有什么问题是用科学说明不了的话，那么这就超越了科学原本的范畴，逐渐步入了“科学主义”的境地了。如果科学主义的力量变得过于强大，那么人类将会被禁锢在强大的体制范围之内而无法自拔。对这件事情极为敏感的青年们，对这个世界上科学所无法说明的现象开始抱有极大的兴趣，因此喜欢超自然现象的青年们开始逐渐涌现出来。我们可以认为，超自然现象的存在，正是这个世界尚未完全被合理化、被体制化的一种表现。

在过去，青年们会针对成年人的非合理性进行攻击。他们认为很多传统的行为都不过是迷信而已，应该通过社会的近代化去改变它们。然而，现代的青年们，却以超自然现象为武器，反过来去攻击成年人的合理性。但非常遗憾的是，现代青年们的力量并没有过去青年们那么强大。这是因为现代青年们并没有关于超自然现象的强有力的理论基础。这种对超自然现象的追求，在不知不觉中会转变成一种魔术信仰，让青年们的思维反而回到了古时候。实际上，每当看到那些追求超自然现象的青年时，我都不禁要感慨他们思考与判断能力的薄弱。

通过前文阐述的原因我们可以知道，青年们通过超自然现象去反抗体制是鲜有成功的。然而现代的青年们真如贝尔所说的，放弃了通过意识形态去反抗体制的行为，转而去学习成年人应该掌握的知识与技术了吗？或者如贝尔所说的，真的是现代青年人应该做的事情吗？的确，在现代社会里，意识形态的作用变得越来越不明显。然而，造成这种现象的原因，是不是可以认为是意识形态脱离了人本身的存在而独立出来了呢？在大多数意识形态里，人类都被当作是一个平面化的存在，思考“如何驾驭这样的人”成了一个重要的命题。但是当我们回过头来，去钻研我们自己在社会上的存在价值时，就会发现人类不是一个轻易就能被理论化的东西。社会主义是一个不错的构想，然而它却忽略了人类是不会按照理想去行动的这个事实。也许有人会反驳我道：“你怎么能这么说呢？人类只有按照自己的理想去生活，才能活出精彩。”然而说这些话的人，往往只是把希望放在别人身上，而自己却给公众留下了一个狡猾的印象。

就这样，当我们必须去面对一个无法按照理想去生活的自己、一个充满矛盾的自己的时候，就无可避免地需要去重新树立一个符合现状的人生观与世界观。这绝不是一件容易的事情，不是靠单纯的知识与技术的学习就可以做到的。现代的青年们，已经不再想去重复“将某种意识形态作为反抗的道具去与现实体制进行抗争”这件傻事了。虽然如此他们也绝不是对现有体制十分满意的。现在的青年们生活在为了“融入这个体制而不得不努力”，以及“为了改变这个体制而不得不努力”的两种心情的交会之下所产生的矛盾之中。当然，即使对于那些后一种心情较强的人来说，他们首先想到的也应该是“正确认识自己，重新构建一个可以正确包容自己的世界观”这件事，而不是将“反抗”的行为表现在外面。然而我始终坚信，在现代青年的心里也是有梦想存在的，只是这个梦没有过去那么甜蜜罢了。

3. 身体性

每个人都拥有属于自己的身体，离开了身体，人类就会失去“存在”感。因此，也许身体把持着人类这种说法更为贴切。身体实在是一个非常奇妙的东西。比如说，有时候我们不得不接受截肢这样切除手足的手术。这个时候，“我的手”瞬间就会变为一个与自己毫无关系的“东西”，进而面临不得不被扔掉的命运。再比如说当我们胃疼的时候，虽然产生疼痛的是“我的胃”，但事实上胃疼这件事“我”是完全没有责任的。虽然如此，当有外人试图伤害我们的身体时，我们一定会奋起保护自己的身体不受伤害。这个时候我们想到的是保护自己，而“我”并没有想去保护“身体”的意思。因此我们可以说“我”会根据自身的情况，时而把身体放在“我”之内，时而把身体放在“我”之外。

“我”与“我的身体”的关系实在是非常微妙与神奇的，而这个关系在青年期时则会显得尤其重要。这是因为，在青年期，我们的身体变化会变得非常之激烈。在这里，我不想去探讨从客观角度看到的人类身体的变化，而是想去分析一下人类对“我的身体”的认识，换句话说，就是人的身体性在青年期的改变这一问题。

身体的发现

“发现自己的身体”，这句话听起来似乎有些大得不着边际。然而，如果用这句话来形容人们在青年期身体发生剧烈变化时的感受，恐怕再合适不过了。随着近代医学的发展，身体这个东西，已经完全变成了可以随意研究与操纵的科研对象。然而作为人类，我们在主观意识里还存在着一个“活着的身体”，并且这个身体与我们的心灵还存在着密切的联系。当我们感到悲伤与痛苦时身体就会失去活力，而当我们身体不舒服时心里也不会觉得好受。

有一个词叫作“青年期的笨拙”（adolescent awkwardness），用来形容人们处在青年期时身体会失去协调性，会出现在平坦的地方被绊倒等本不应该发生的事情。与此同时在青年期，人们还特别容易产生紧张感，进而导致令人羞愧的失败，并在事后诱发人们心中的自卑。比如不小心将茶水洒在了最重要的客户身上，或者是在非常重要的仪式上突然摔了个跟头等。出现这样的现象是因为我们身体成长的速度，与控制身体的力量之间出现了失调。在这样的情况下，有的孩子进入青年期后，会因为感受到了这种“笨拙”，而突然变得胆小怕事起来。本来很活泼的孩子突然变得胆小怕事、做事畏首畏尾，会让周围的成年人感到非常莫名其妙。

相反在青年期，有些人的运动能力会随着身体的急速成长而不断变强。有些人在儿童时代并不觉得自己很擅长运动，但是从青春期到青年期，他们的运动能力会与日俱增，进而成为体育运动员。

身体的成长与对体能的控制，对于青年来说是一件非常有意思的事情，因此很多人在青年期会沉迷于以体能为基础的游戏。有很多体育运动是为青年们所准备的，但是对于所有体育运动来说，参与者的热情与认真程度都是一个非常重要的问题。单纯为了玩而打网球，与为了成为网球选手而打网球两者完全不同，成为网球选手之后其参与的程度则又是另一个层次了。以体育为职业的人虽然不多，但是当人们在体育中融入了胜负概念，并不断提高参与的认真程度时，体育运动就不能被单纯地称之为“游戏”了。这点我们在之后讨论“游戏”问题时还会做进一步的探讨。

对于处在青年期的人们，特别是处在青年期的女性们来说，厌食症是一个非常严重的问题。患有厌食症的人，不论如何都提不起食欲。或者虽然想吃，但是自己那超乎寻常的意志力却控制着自己不去进食。患有厌食症的人那瘦骨嶙峋的姿态在旁人眼里看上去是病态的，但他们自己却非常喜欢，生怕一旦进食，体形就会变得如常人一般“丑陋”。患有厌食症的女性，时刻梦想着自己的身体能够像妖精一般轻盈，并可以在空中翱翔。

但是如果长时间拒绝进食的话，女性的月经现象也会停止，严重的时候还会出现生命危险。这个时候，患者就不得不住院接受经鼻营养注射治疗。但是如果不注意的话，这些患者拒绝进食的意志力甚至会驱使她们拔掉插在鼻腔中的输液管。

这种厌食行为里，充斥着有意识和无意识的对自己身体性的强烈拒绝。或者说，患有厌食症的人不愿意承认自己身体的存在，而这种对自己身体的拒绝，也反映了对自身存在的拒绝意识。这样的拒绝感有可能会导致她们变得奄奄一息，但是在很多时候，患有厌食症的患者，其努力的精神与意志力往往高于常人一倍以上。拥有那种让旁人惊讶的瘦弱身躯的人中，有的竟可以作为体育运动员而保持着某项世界纪录。当我们看到她们那骨瘦如柴的样子而心痛不已时，同时也会为少女那为了保持身材而挑战自己身体极限的意志力、为了拒绝自己身体的存在而奋斗的坚韧精神感到震惊不已吧。

但是我们人类存在的方式，可能原本就是这个样子。对于我们来说，生与死的意识在我们的内心世界中是处于相互较量的状态的，而由于“生”的力量稍稍强过“死”，我们在通常的状态下只是单单意识到生命的力量。但是到了青年期这种不安定的时刻，生与死的较量，瞬间就由内而外地展现出来。

从这个角度去分析的话，我们就会发现在青年期，青年们运用身体能力去进行游戏和体育运动时，时常会体会到生命的危险。而青年们正是有意地通过感受这种生命的危险，达到理解和体会自身诉求的目的。青年们在生与死相互较量、不分伯仲的心理状态下，验证了自身存在的意义。

性的接受

提到青年期身体性的问题，恐怕无论如何也绕不开“性”这个话题。我们暂且不谈弗洛伊德的幼儿性欲理论，单从生理角度来看，人类为了成年后能够通过性行为达到繁衍后代的目的，就必须在成年后学会正确对待自己的性冲动。然而在刚开始的时候，人们并不能意识到这种感觉的名字叫作“性冲动”，而只是会觉得这是一种可以让自己预感到如同来自远方大地的轰鸣般的恐怖力量与危险的能力。与此同时，还会觉得自己正在被某种力量推向一个非常规的、未知的，且令人费解的世界。

对于很多女性来说，这种体验会具体表现为一个“被某种物体入侵”的梦境。在梦中本来应该被锁上的房门会突然被打开，梦的主人会隐约觉得某种东西进入了房间。这时候房间的空气会随之变得令人窒息，恐惧侵占了身体，令人无法挣扎移动，无法发出声音。这时候，侵入者会爬上梦境主人的身体，而整个梦境会随着梦境主人的一声恐怖的惊叫而结束。这种“侵入”之梦，往往会出现在女性的青春期及青年期前半段。虽然有时候梦中的入侵者也会呈现出男性的姿态，但是在梦中发生性关系的例子却少之又少。总之，身体被侵入而无法挪动是这类梦的主题。

梦中被侵入的体验，对于女性的成熟来讲，可以说是非常必要的。女性正是一边接受着这样的体验，一边被外界的学习、工作、交友等所吸引，在微妙的平衡下渐渐走向成熟。如果这种微妙的平衡一旦被打破，女性则会陷入极端的无所事事和自闭状态之中无法自拔。原本这种“自闭”的生活状态从某种程度来讲是任何人都需要的。对于少女来说不可缺少的“自闭”时期，在过去的童话故事中均有描写，比如《睡美人》中的长眠不醒、《白雪公主》中的“水晶棺材里的濒死状态”等，这里我就不再赘述了。

自闭状态是必要的，然而如果这种状态走向极端的话，就会产生神经衰弱的症状，更严重时则会陷入精神失常的状态。与男性相比，女性会在青年期的更早期阶段出现神经衰弱的现象，而这种现象经常会表现为无精打采和无所事事。当然，男性在这个时期也会出现无精打采的症状，只不过出现的人数比例要比女性少得多。然而男性的情况，会出现对成年人一言不发、爱搭不理的现象。因为他们会觉得，所有成年人都有某些令人感到“聒噪”的地方。但是，男性可以通过和同伴一起“发疯”的行为，以及在体育运动中的奋力拼搏而缓解心中的郁闷与烦躁，因此，不会像女性那样过早地出现神经衰弱的现象。

也许我们可以这样理解，女性会在面对“应该如何接受性”这个问题时出现心理问题，而男性则在开始思考“如何对性进行支配”这个问题时才会产生心理问题。这也许就是为什么两者心理问题出现的时期不一致的原因吧。

前文我们已经举了“自闭”的例子。其实，有些青年会出现完全相反的状态，即完全被性冲动所支配。这些青年从十几岁起就开始有了性体验，并与不特定的多位异性发生过性关系。针对这种现象，成年人们发明了“不纯洁的异性交往”一词用来批判与对抗这些青年的行为。然而，青年的这种趋势不是必须要去对抗的。在这些青年中，也有一些非常彪悍的人。比如有个女高中生对不断教育她的老师说道：“我们互相喜欢才会一起做爱，而老师们呢，因为是夫妇，互相不喜欢也会做爱，这不才是不纯洁的吗？我们反而应该算是纯洁的！”听了这话，老师竟然也在不知不觉中点头表示赞同了。

之前我看过一部叫作《街头浪子》[1]的电影。这是一部反映美国西雅图小镇里流浪儿童生活的纪录片。影片将儿童们的生活身影完美地拍摄了出来，非常值得一看。对影片中十几岁的孩子们来说，不要

[1] *Streetwise*，1984年美国出品的纪录片。

说性，卖淫与毒品都成了他们生活的一部分。在犯罪与犯罪边缘的灰色地带里，孩子们以大无畏的精神顽强地生活着。当询问这些孩子长大后想过什么样的生活时，他们竟令人震惊地异口同声地回答道:“想要一个温暖的家庭。”他们生活在与普通人完全不同的世界中，其心中所勾勒出的梦，绝不是那种“走在时代最前沿”的理想，也不是可以提供“崭新的家庭生活方式”的梦想，而是那种对父母双全、儿孙满堂、其乐融融的“传统家庭”的向往。

通过上述分析，我们可以得出各种各样的结论。这里如果只谈“性”的话，我们可以看到“享受性自由”是一件非常难以实现的事情。西雅图流浪儿们的生活，从传统的性观念来看是具有高度“性自由”的生活状态。然而他们所向往的，却是那种被传统性观念所束缚着的生活。这正表现出在人类心中，性是一个非常复杂的东西。

心理分析学家卡尔·古斯塔夫·荣格曾经说过:“性存在于地狱和天堂的每个角落。”这是一句名言。性可以让人们充分了解自己的存在是何等卑微，也可以让人体验到快乐的最高境界。与此同时，性的意义，又同时涵盖了身体层面和精神层面。这样宽广与深邃的概念，用语言去描述它几乎是一项不可能完成的任务。

从上述层面去分析的话，我们可以说，性是与人类的实际存在意义息息相关的东西。因此，青年们围绕着“性”这个谜团所产生的困惑与苦恼，也可以说是在走向成熟的路上所必须经历的。但是，我们人类是一种从来都认为“已经对自己的身体了如指掌，并可以自由支配自己身体”的动物。我们并不喜欢被那些充满“谜团”的东西占据我们的生活。因此对于性，我们也自然而然地自欺欺人地认为“已经完全了解了”“没什么了不起的”。这其中，也有一些非常亲切的成年人，为了缓解青年们的苦恼，通过“性教育”的方式将所谓的“事实”传授给青年们。

如果我们承认人类的存在本身就是充满着矛盾的话，那么实施“性教育”的想法也不是不能接受。然而我认为，我们还是有必要认识到性这种东西，不是可以被“完全了解”的。作为与人类的实际存在意义息息相关的东西，围绕着性的梦想和游戏，以及相应的仪式等，远没有所谓的“事实”重要。因此这种想法我想还是放弃的好。

4. 青春的伦理

没有任何一个时期，比青春期更需要伦理去支持的了。特别是当我们谈起“青春就是梦和游戏”这个话题时，就不可能绕过伦理这个概念。那些赞扬青春期的堕落的人，其实都被一种认为“只要不断堕落，就会在深渊之底触摸到真实的底线”的强烈的伦理观所支撑着。如果不是这样，人类是不可能忍受得了彻底的堕落的。轻微的堕落可能会带来快感，但是如果想保持不间断的堕落，就需要那种可以战胜心中自然而然地出现的自我怀疑、罪恶意识以及厌倦感的伦理观来支撑。

话虽如此，但是从一般意义上来讲，我们也不得不承认，伦理这种东西动辄就会拥有毁灭梦想和游戏的力量。然而，事实上，与执着于伦理而放弃梦想和游戏的人一样，那些在梦想和游戏中没有伦理支撑的人的生活，也同样是没有什么意思的。反正我是没有兴趣与这样的人打交道。因此，在本书中，我们不得不去讨论一下伦理这个问题。然而，这个话题实在太过复杂，且很难用语言去表达，因此我也不知道会讨论出一个什么结果，姑且先让我试一下吧。

健全的年轻人

青年中也有一些所谓的“健全”之人。这些人被成年人所欣赏，被成年人所期待。同时，也有一些成年人正在致力于“培养”这样的健全青年。这些健全的青年，也并不是与“梦想和游戏”毫无瓜葛的。其实我们反而应该说，他们积极追寻着“梦想”的举动，是让他们变得健全起来的重要原因。在这个世界上，也是存在“健全的游戏”的。所谓健全的游戏，简而言之可以说就是指那些破坏性较低的游戏。

最近我在美国普林斯顿大学里接触了一些健全的年轻人，因此充分了解了他们的优点。普林斯顿大学的学生，可以说是“既会学，又会玩”的典型。与日本学生相比，普林斯顿大学学生的学习量是非常大的，偷懒的人在那里绝对毕不了业。其实恐怕放眼世界，比日本学生学习量还小的国家也是不多见了。话虽如此，普林斯顿大学的学生也绝不是只专注于学习，学校里社团活动异常丰富，恋爱约会是学生生活中的一个组成部分。然而不管是哪个方面，普林斯顿的学生们都表现得十分健全。

在普林斯顿，我策划了一个让美国学生观看几部日本电影然后交流感想的活动，因为我觉得这样做，可以从比较文化的视点挖掘出一些有意思的东西。通过活动我得出了各种各样的结论，这里简单介绍一下我从伦理观角度发现的一些有意思的东西。这是在观看新藤兼人导演指导的影片《鬼婆》时候的事情。这部影片里充斥着大量描写男女性爱的场面，对于日本人来说这些镜头应该算不上是露骨，然而美国学生在看过之后其反应却相当强烈。

具体的细节我就不说了，总之美国学生的反应就是，“那样露骨的性爱场面，普通人会看吗”“给普通人看合适吗”等。也许有很多人主观上觉得美国是更具有“性自由”的国家，这里需要针对这点说明一下。在美国有一个非常严格的电影审查委员会，他们将面向一般群众的电影标记为G级，稍微有一些露骨的性爱场面的电影标记为X级，人们就遵从着这样的指导去观赏电影。比如和家人一起的话，就只会去观赏G级电影等。

当我问起普林斯顿的学生是否也会观看X级影片时，得到的答案都是否定的。当我又追问他们，如果到了一个没人认识你们的美国偏远地区，会不会偷偷观看这类影片时，他们回答道：“看这种电影本身会让自己觉得受不了。”这个例子非常清晰地揭示了美国青年的伦理观。对于他们来说别人如何评价自己并不重要，重要的是自己如何为自己做出评价。

当我在接触了这样健全的学生之后，身为一个提到美国，头脑里就浮现出“自由”“堕落的青年们”等词语的日本人，深深体会到了这样的青年在长大成人之后，才会成为支撑美国社会的栋梁。我没有认为这样的伦理观就是绝对正确的，但是，我觉得我们有必要正确认识到，这样健全的伦理观正在支撑着整个美国社会的发展。从这个事实中，我们也非常有必要反省我们自己该如何去做。

有个普林斯顿的学者对我说：“通过和你的交谈，我突然发现自己正在遵从着基督教的伦理观念生活着。这点是我以前从来没有意识到的。”那么日本又是怎样的状况呢？日本传统的伦理观点在西方文化的冲击下已经发生了很大改变，关于性的伦理观更是如此。然而在现在的日本人中，又有多少人有着和普林斯顿大学的学生们一样的伦理观呢？也许很多人会说，普林斯顿学生的伦理观太过古老和死板。但是说这样的话的人请扪心自问一下，如果当别人问起你的伦理观是怎样的时候，你又会拿什么去回答人家呢？

伦理观的差异

为什么我会这么在意伦理观这个问题呢？这是因为我见过太多因为伦理观不清晰而造成自己和他人的不幸，并在人生之路上摔了大跟头的例子。当我问这些人“为什么会做这么傻的事”时，得到的回答无非是“那时候大家都是那样不是吗”“我觉得大家都会这么做”“看了周刊杂志，那时候社会倾向就是那样”等。对于青年们来说，周刊杂志已经成了伦理观的教科书，仿佛自己不按照周刊杂志上所说的去做，就会跟不上时代的潮流似的。然而这些人事后往往都会后悔自己当初为什么会那么傻。

遇到这样的青年，我连说一句“请向美国普林斯顿大学的学生们学习”这样的话的心情都没有了。我只想对他们说，希望你们能看看普林斯顿大学的学生们“那个时候的倾向”，从而找到自己的伦理观。

提到关于性的伦理观，我想起小说《三四郎》开头部分里有这么一个情节。三四郎从熊本县坐火车去东京并在名古屋转车时，火车上的一位女性乘客因为害怕，拜托三四郎带她去找一家客栈住宿。三四郎被迫答应了她的要求带她去一家客栈。“两人本该在楼下进口处先说明不是一起的，不料一阵吆喝声‘欢迎——请进——带路——梅字四号——’使得两人只好闷声不响地跟着带路人进了梅字四号房间。”

虽然三四郎对前来铺床的女仆要求到“必须整理出两个床铺”，女仆最后还是只“铺了一个蒲团，安了一个蚊帐就出去了”。女乘客仿佛什么事都没有似的先一个人钻进了蚊帐。三四郎则说出了“实在不好意思，我有点洁癖，没法睡别人睡过的被褥，因此先让我做一些除跳蚤的工作”这样奇怪的话，并把床单朝女子躺下的地方卷了又卷，做出了一道隔断，自己则在另一边铺上两条长毛巾躺了下来。“那天晚上，三四郎的手和脚一寸也没有越出狭长的西洋毛巾所铺盖的地方”。

当两人即将各奔东西三四郎对女子说“再见”时，“女子凝视着三四郎的脸，过了一会儿用沉稳的语气说道：‘你还真是一个没有气度的人呢。’说完女子就笑了。三四郎这时的心情，仿佛被什么东西弹射到了站台顶棚上。”在去往东京的火车上，孤身一人的三四郎思考着。

“那个女人到底是什么来头，那样的女人真的应该存在于世上吗？女人这种东西，真的就是那样的沉着冷静吗？是没受过教育呢，还是过于大胆奔放呢？”无论三四郎如何思考，都找不到想要的答案。想不再去想这件事了，可是心中不断涌现出“如果去接近一下那个女子就好了”的念头，这令三四郎感到恐惧。“分别时被指出没有气度时真的好震惊啊，仿佛二十三年的弱点被一下子看出来了似的，连我的父母也做不到那么一语中的……”

在经历了上述事件之后，三四郎在东京邂逅了迷途的羔羊。相对于三四郎的境遇，我们之前提到过的那个遇到另一只完全不同的羊——“羊男”的《寻羊冒险记》的主人公的境况又是怎样的呢？村上春树以“从报纸上偶然得知她的死讯的一个朋友打电话把这个消息告诉了我”这句话作为整篇小说的开头。交通事故中死去的女孩与小说的主人公曾经发生过性关系。当主人公与过去的朋友提到这个女孩时，恐怕只会做出如下的评价吧。

“她叫什么名字来着？我完全记不得了。我虽然也和她睡过几次，但现在真的不好说，恐怕在路上见到也不一定认得出来吧。”

“从前，某个地方有个和谁都睡的女孩，这便是她的名字。”

小说主人公与女性的关系和三四郎形成了鲜明的对比。他们的年龄虽然相仿，但是却有着完全不同的关于性的伦理观。这种差别与他们在今后的命运中遭遇的人的差别息息相关。三四郎与美弥子邂逅，而另一方则遇到了“羊男”。当然不管前者还是后者，都遇到了极大的困难，这种邂逅完完全全地破坏了他们的人生。然而从程度来讲，遭遇“羊男”绝对是一件更为严重的事情，可以是一件近乎于疯狂的事情。

现在的青年们也许会嘲笑三四郎的神经质，然而在当时的社会环境下，三四郎的举动应该算是一种新的态度。当然，这种举动与三四郎的性格也不无关系。说到曾经的日本，“送到嘴边的东西不吃就是男人的耻辱”这种想法应该是相当普遍的。然而在三四郎事后闷闷不乐时，经过思考，他终于得出了“对于接受过教育的自己来说，没有什么比那件事更加不应该做的了”的结论，也就是说在明治维新的影响下，受过“新的教育”的人，已经不再遵从古时候的伦理观了。

当时的所谓新的想法是指从西方传到日本的思考方式，具体而言就是“只有彼此相爱，并且是决意彼此永远相爱的男女才可以发生性关系”的观念。不知道夏目漱石是否知道，在格林童话里的《两兄弟的故事》中，当两兄弟中的哥哥被误认为是弟弟，而不得不和弟弟的夫人同床共枕时，哥哥在两人之间放了一把双刃剑之后才敢去睡觉（关于这个故事，请参照我的另一部作品《故事传说的深层含义》）。在男女之间放置的这把双刃剑，正是格林兄弟所信奉的浪漫主义伦理观的象征。而三四郎在接受了西方传来的新伦理观之后，用卷起来的长长的床单，代替了这把双刃剑放在了他和那位女子之间。

探索式的伦理

当我们去研究现代的青年时，会发现他们的伦理观是非常多样化的。这里面，有很多人还是拥有着比三四郎的时代还早的旧式伦理观的。话虽如此，现代青年有可能把这种古老的价值观误认为是新生事物来接受。各种各样的伦理观并存，无法简单地判断哪个是对哪个是错，这也许就是现代社会的特征吧。然而，就如同迷途的羔羊与羊男的差别一样，伦理观的不同，导致人生的走向也会出现很大分歧。因此对于我们来说，要尽可能了解到自己依托于什么样的价值观在生存，并做好和这种价值观带来的现实影响力对抗的心理准备，进而培养起和它抗衡的能力。如果不这样做的话，那么，等待我们的只有无尽的后悔。

人们将从前就一直存在的，且已经成为习惯的伦理观称之为道德（当然，具体名字也因命名的人而异）。人类以道德为基础去行动的话就会比较安全，会遇到大致可以预测的事情，获得相对可以预测的结果。然而，从人类个体内部涌出来的悸动，往往会与既存的道德发生冲突。这时候，我们就不得不去选择并决定自己的生活方式。遵循道德的原则当然没有问题，然而道德说到底，只是一个外在的标准，遵循道德去生活的话，我们就将继续面对“如何安抚自己内心”这一课题。当然如果选择违背道德，而遵从自己内心的实际想法去生活的话，那么我们就需要相当谨慎，并做好充分的心理准备。

如果存在一种以打破旧道德为目的而被创建的新伦理观，且我们愿意把人生的赌注压在它身上的话，那么这个逻辑还容易理解一些。然而，很多时候是没有这么明确的伦理观存在的。当我们想要优先照顾自己内心世界的悸动的时候，我们需要做的是，在“自己的行为”与“从伦理角度的行为验证是否正确”之间构建起一个循环，并从中逐渐找到属于自己的新的伦理观。

如果简单地认为普林斯顿的学生们只是守护着“健全的”道德在生活的话，我总觉得有哪些地方还不够明确。因此，我试着继续追问那些说自己不看有性爱场面的电影的学生道：“村上春树的小说被翻译成英文在美国出版，且很多年轻人都在阅读，针对这个问题你怎么看？”他们都回答说自己也在看，且村上春树的小说很不错。于是我又问道：“村上春树的小说里也经常出现性爱场面的描写，这个问题你怎么看？”他们的回答是：“如果像电影那样将性爱场面直接通过影像表现出来的话，则不太合适，如果将性爱的描写作为文学作品中作者整体构思的一部分来看的话，则是可以接受的。”

虽然《鬼婆》这部电影也只是将性爱场面放在了导演的整体构思之中，然而美国学生却貌似无法接受，这点我们就先略过不谈了。总之我是比较赞同美国学生关于村上春树作品的评价的。这部作品并不是为了性而描写性，性爱场面的描写只是为反映作者的观点与主张服务而已。

在认识了这一问题的基础上，我们再来读一下村上春树的作品。《舞！舞！舞！》这部作品中有着下面一段内容。在这部可以看作是《寻羊冒险记》续集的作品中，也有着“羊男”的身影。主人公“我”已经34岁了，机缘巧合认识了一个神奇的少女“雪”。“雪”的母亲是一个无可救药的自由放浪之人，她放任女儿不管，和恋人蒂克·诺斯一起到处游荡。“雪”对蒂克毫无好感，时不时还会恶语相向。然而，当蒂克因为一场交通事故突然离开人世时，“雪”回忆起他，却觉得他是一个不错的人，并为自己之前所做的过分的事情感到后悔。对此，“我”觉得这种想法很无聊，并尖锐地指出：“与其现在感到后悔，一开始你就应该公平公正地对待他。”

“可能我的话太过分了，但是先不管别人怎么样，我只是不希望你有这样无聊的想法。知道吗，那种事情就不应该从嘴里说出来，一旦说出来了也就只限于嘴上说说而已了……嘴里说自己‘干了很过分的事’，实际上自己并不希望别人也这么说自己吧。这是个关乎礼节的问题，也是一个关乎分寸的问题，你应该好好学学了。”

少女安静地听进去了这番话。“我估计她心中应该是在哭泣的，这是一种无声无泪的哭泣。我突然觉得，自己是不是对一位13岁的少女要求得有点太多了。还有，我究竟是不是一个有资格说那么大义凛然的话的人呢？但是没办法，不管对方多大，不管自己是什么样的人，我对她嘴里说出来的那种话，怎么样都不能放任不管。无聊的东西就是无聊，不能忍的地方就是不能忍。”

在这里，“我”针对“礼节”和“分寸”发表了自己的观点。这是这部作品中非常罕见的“我”（有可能代表作者自己）直接表明自己的伦理观的情节。以传统道德为基础，认为主人公在男女关系问题上没有伦理观念的那些人，其实是没有看到“我”的伦理观，或者说是没有看到支撑着整部作品的伦理观。因此，作为小说的主人公的“我”也看不下去了，进而跳出来直接表明了自己的伦理观。“无聊的东西就是无聊，不能忍的地方就是不能忍。”这句话既是对自己说的，也是对别人说的，这就是说这句话的人自己的伦理观。

第三章
青春的梦

青春与梦之间有着剪也剪不断的联系。“多梦”是一个经常被用来装饰青春的词语。这里，“梦”这个词，指的不是夜里睡觉时所做的梦，而是指青年心里抱有着的理想与愿望。与此同时，这里用到“梦”这个词，也说明了人们在心里觉得，这种理想和愿望很难与“现实”建立起联系。有的人认为，就如同人们从睡梦中醒来，开始新的一天的工作一样，当青年从青年期的“梦”中醒来，开始面对现实的时候，也就长大成人了。

但是这种想法毕竟太过现实了，在某种程度上我们可以说，正因为梦的存在我们的人生才变得丰富多彩，如何对待自己的梦才是最重要的事情，但这里同时也存在着相当大的风险。从古至今，有很多青年通过追逐自己的“梦”成就了一番大业，相反也有很多人因为执着于自己的“梦”而不幸殒命，或给他人造成了极大的困扰。梦有大有小，对待梦的方式也因人而异，但是我们不能否认的是，每个青年心中都有着属于自己的梦。

现代的青年，似乎并没有过着这种“多梦”的生活。究其原因有二：其一，过去很多的“梦”在现代社会都已经被实现。在古代，虽然有很多人做过在空中翱翔的梦，然而似乎没有什么人做过月球旅行的梦。但是，上述这些事情在现代社会已经成为现实了。其二，现代青年已经过于了解“心中轻而易举勾画出来的梦，在现实社会中却会遭遇太多顿挫”这个事实了。

话虽如此，青年心中的“梦”在现代社会并没有消亡。接下来，我就想为大家讲述一下现代青年心中的“梦”与过去相比发生了怎样的变化，在当今社会又是以怎样的形式存在的。

1. 浪漫主义

在尊重梦想的各种想法中，有一种想法被称作浪漫主义。过去很多青年人都倾心于此，我们会发现，在过去的青年们所喜爱的小说与电影中，大多都被“罗曼蒂克”气氛所渲染，很多青年都将自己的“梦”寄托于男女的爱情之中。在这里，我想首先带大家去读一本浪漫主义的小说，之后再将它和现代的作品做一下对比。如果说差别的话，这两部小说之间是存在着很大的差别的，但是我们也会意外地发现，两者之间也是可以找出很多共同点的。

两部作品都是可以在读后引发读者对“梦”的思考。作为浪漫主义作品，我想将E.T.A霍夫曼的《黄金之壶》作为例子。而作为与之对比的现代作品，我则想用吉本芭娜娜的《甘露》作为参考。前者是一部令青年时代的我读后极为感动的作品，而后者则是在现代青年中颇为有人气，且非常合适用来说明青年之梦的小说。这就是我们选择这两部作品的原因。

霍夫曼作为德国浪漫主义作家中的鬼才，曾经创作了很多为当时青年所喜爱的名著。或许，在当下提到芭蕾舞剧《胡桃夹子》与《葛佩莉亚》，还有不少人会想起他的名字。但是，读过他小说的人恐怕不多。这里，我就边为大家介绍小说的故事概要，边来分析一下《黄金之壶》这部作品中对青年之梦的描述。

笨手笨脚的大学生

这部小说的主人公安塞尔默斯是作为一个我们前文所提到的“青年期的笨拙”（adolescent awkwardness）的典型代表登场的。他在小镇上漫步时，竟然会“笔直地跳进一个外表丑陋的老太婆贩卖苹果与零食的筐子里”。他在众人的嘲笑与恶语相向中，将自己没装什么钱的钱包交给老太婆后就飞快地逃走了。那天正值当地的“升天祭”，他本来想着喝点酒，顺便看看衣着华丽的女孩子们，可是却突然变得身无分文了。他那“白日做梦般的乐趣”一瞬间消失得无影无踪。

安塞尔默斯边哀叹自己的不幸边自言自语，穿着新买的外套出门会刮到钉子，参见枢密顾问官时掉了帽子还摔个大跟头。“啊，那些描绘着美好未来的梦想啊，你们到底去了哪里？我可是曾经在这里放言自己将来会成为枢密秘书官[1]的人啊！”当他见到最有可能成为自

[1] 欧洲专门辅助君主制定法规政策的人。

己坚实后盾的枢密顾问官时，却也因为忍不住不断放屁，而被大骂了一顿。

虽然安塞尔默斯好不容易拥有的梦想最后破灭了，但是我们应该注意到，他最初抱有的梦想其实是相当现实的。他抱有的较小的梦想是“喝点酒，顺便看看衣着华丽的女孩子们”，即使是较大的梦想也不过是“成为枢密秘书官”而已。然而，这些梦想却都因为安塞尔默斯的笨手笨脚而破灭了。

手脚麻利的青年世上也是有的。这些青年往往是心中没有什么“梦”的。这些青年的心没有被“梦”这种暧昧的东西夺走，因此可以专注于处理现实问题，进而使他们做什么事都看起来非常麻利。其次这些青年即使有“梦”，他们也会选择去追求那些比较容易实现的“梦”，并准备好实现梦想所必要的条件。这就让他们可以顺利成长成一个“做事麻利”的人。

安塞尔默斯究竟为什么会如此笨手笨脚呢？他并不是没有能力，因为成绩优秀，他甚至在众人眼中是将来有可能成为枢密秘书官或是宫中顾问官的青年。因为看到了他的潜力，安塞尔默斯所在大学的帕乌鲁曼教授甚至想把自己的女儿维罗妮卡嫁给他，而拥有美丽的蓝色眼瞳的维罗妮卡也并不讨厌他。安塞尔默斯就是这样挣扎于实现“梦”的能力与毁灭“梦”的笨拙之间。他自己也不知道，之所以会产生这样的矛盾，正是因为一个更深层次的“梦”将他俘获了。而他的笨手笨脚，正是通往深层之梦的阶梯。

我们与其说青年应该拥有梦想，不如说梦想应该去俘获青年。当安塞尔默斯拥有当宫中顾问官这样的梦想时，一个更大的梦想已经将他俘获。这就是他变得笨手笨脚的原因。当青年因为梦想破灭而悲叹自己的时运不济，并为自己的笨手笨脚而苦恼时，如果仔细思考就有可能发现那个俘获自己的“梦”究竟为何物，并从中开辟出一条属于自己的新的道路。话虽这么说，但这个过程确实是伴随着相应的痛苦的。

当安塞尔默斯感到绝望并自言自语时，他听到了一个奇怪的声音。他非常震惊，循声望去发现这个声音来自“三条青色的鳞片上泛着黄金色光芒的蛇”。其中一条蛇正在盯着他看。“那充满着诱惑力的青色双瞳，正用饱含着难以言状的憧憬的目光注视着他。他的胸膛瞬间感觉被有生以来第一次感受到的至高无上的愉悦与深深的痛苦交织起来的奇妙感情所撕裂了”。

看到被青蛇深深吸引而发呆的安塞尔默斯，路人都感叹道：“这人是不是脑子有病啊！”被深层之梦俘获的人，都必须要面对被贴上“精神病”标签的危险。实际上，安塞尔默斯在后来也被各种各样的人说成“精神失常了”“又犯病了”“发疯了”等。通过与这些非议作战后，安塞尔默斯最终获得了幸福。

非日常的显现

肯定了安塞尔默斯能力的帕乌鲁曼教授与书记官海尔布兰德，因为同情他的贫穷，为他介绍了不错的打工机会，让他去身兼古文书研究学者与化学试验研究员的怪异老人——文书管理员琳德霍鲁斯特那里抄写文书。这是一份报酬不菲的工作。安塞尔默斯非常高兴地前往琳德霍鲁斯特的住所。然而，当他要伸手拉开大门上那青铜质地的门把手时，门上金属的人脸却“朝他诡异地笑了起来”，并变成了那个买苹果的老太婆的脸的模样，朝安塞尔默斯恶语相向起来。看到这个场面，安塞尔默斯吓得头也不回地逃回了自己的住处。

然而，文书管理员琳德霍鲁斯特实际上是“火之精灵”的化身。他的祖先霍斯霍鲁斯作为火神，打败了恶龙，并与百合女王喜结连理。琳德霍鲁斯特虽然有着具有历史渊源的血统，但是，人们听到此事却只是一笑了之，或是调侃道：“这只是个东洋的传说吧，琳德霍鲁斯特先生。”对此，琳德霍鲁斯特抗议道：“这不是胡言乱语，也不是什么传说，这是实实在在的真实故事！”

安塞尔默斯见到了琳德霍鲁斯特，得知发出声音并深深吸引住他的三条蛇，正是琳德霍鲁斯特的三个女儿，而令他感受到那只具有深深的魅力的青色眼瞳的蛇，正是小女儿塞鲁潘狄娜。因此，怀着能够再次见到塞鲁潘狄娜的兴奋之情，安塞尔默斯开始了在文书管理员琳德霍鲁斯特那里的打工生活。

安塞尔默斯知道了文书管理员实际上是“火之精灵”，并且知道了蛇是“小女儿塞鲁潘狄娜”。就这样，他“完全失去了与平常生活发生外在接触的感觉，并感到内心深处有一种既期盼又不知为何物的东西在躁动，这唤起了他心中的一种掺杂着欢喜的痛苦。这种痛苦同时又变成了一种憧憬，变成了一种期待着人类去参与进另一种更加高级的存在之中的感情”。

日常生活中，我们自身周围往往不会发生什么变化。我们平时的所见所闻，大概也都是自己认知的或者是可以预见到的事情。对于学生来讲，同一个大学教授，讲课的内容就不会有太大变化，甚至每年都在讲同一个内容，近乎成了笑话。当然，经常会有教授退休、副教授升为教授的事情，但是这也都在预期的范围之内。当学生们习惯了这样的事情，日常生活就会变得极为无聊。他们会开始怀疑这样的日复一日、年复一年的生活究竟有何意义，进而对生活中的一切失去兴趣。

然而，在这样的日常生活中，也会有非日常的内容显现出来。表面上是文书馆里员的老人，实际上是“火之精灵”。并且，安塞尔默斯还看到过他变成雄鹰在天空中翱翔。与此同时，一条蛇实际上却是世间少有的美丽的女儿。“实际上是”这个词其实是非常重要的，我们应该没有过“看上去是人类，实际上是只狸猫，或者实际上是只鹦鹉”这种奇妙的体验吧。然而我们对于我们自己，真的知道自己“实际上是什么”吗？

一般来讲，我们不必如此较真，单单是知道“我是一名大学生”可能也就会感到满足了。特别是当我们所在的大学是一流大学时，这种满足感就会更加强烈。即使从大学毕业了，能去某某有名的公司就业也会让我们得到满足。青年们的“梦”，如果只和这些事情相关的话，那么就万事大吉了。即使是安塞尔默斯，一开始他的“梦”也只限于当上宫中顾问官，并和帕乌鲁曼教授的女儿维罗妮卡结婚。但是，这些都发生了变化，因为他邂逅了深层次的非日常性的显现。

在非日常的世界中，也并不是所有事物都是美好的。比如那个老太婆，就渐渐暴露出了自己的本性，并处处找安塞尔默斯的麻烦。她充分利用了维罗妮卡，让安塞尔默斯忘记塞鲁潘狄娜的存在，只是想着要和维罗妮卡结婚的事情。这就导致了安塞尔默斯陷入了混乱，时常会将塞鲁潘狄娜忘在脑后。

火之精灵与蛇的女儿，这种骗小孩子的故事可能很多人不感兴趣。但是，在维罗妮卡和塞鲁潘狄娜两位女性之间左右彷徨的心情，恐怕很多人是有所共鸣的。前者代表着这个世界上的幸福，这是不言而喻的。而后者虽然充满了未知与危险，但是却可以让人感觉到超越了这个世界的幸福。在面临这样的选择时，经常会出现强烈的心里挣扎，这点恐怕应该是人尽皆知的吧。

战斗

安塞尔默斯为了得到那份抄写的工作拜访了琳德霍鲁斯特。安塞尔默斯对抄写工作极为有信心，他拿着用最高级的中国墨汁抄写的文章给琳德霍鲁斯特看，而后者却毫不掩盖对其的轻蔑之色。与此同时，琳德霍鲁斯特还批评墨汁不好，并将安塞尔默斯的作品浸泡在水里，让字迹全部消失了。安塞尔默斯彻底被对方的气势压倒了，但琳德霍鲁斯特却安慰他道:“在我这里工作一段时间的话，一定会更加出色地完成任务的。”之后，当安塞尔默斯心中想象着塞鲁潘狄娜的面容并努力工作时，就会听到她的声音:“我就在你的身边。”

安塞尔默斯在对塞鲁潘狄娜的爱的支撑下努力进行着抄写工作。这次，琳德霍鲁斯特对他的工作能力终于感到满意了。他主动找到安塞尔默斯对他说道:“听好了，我在你对我最爱的女儿产生感情之前，就知道你们俩之间被一条看不见的线联系在了一起。”对此，那个老太婆虽然一直在反对，但是琳德霍鲁斯特却认为“只有不断战胜困难，才可以在更高层次的生活中获得幸福”。

这里又出现了一个常见的父女间关系的问题。当年轻男子找到自己的恋爱对象时，恋爱对象的父亲往往会通过“工作”来考验年轻男子。这种考验往往是充满着各种各样的困难，年轻男子往往会因此失去爱情甚至失去生命。当恋人之间的爱情极为深刻时，在爱情的支撑下年轻男子往往可以通过考验。有的时候，女子也会直接给予恋人援助。

在这里，年轻男子对于自己恋人的父亲的感情是充满矛盾的。一方面，恋人的父亲是一个恨不得将接近自己女儿的年轻人都杀了的恐怖形象；另一方面，他又是一个为了自己的女儿能够幸福，而给予年轻人指导与磨炼的强有力的指导者。在琳德霍鲁斯特身上，虽然后者的意味更强一些，但是我们不能否认，这种围绕在一个少女身上的两个男人之间的微妙关系，在当下也是屡见不鲜的。当然，我们也不能否认，这种具有强大实力和智慧的长者，在现代社会也越来越少了。

从书中的描述中我们可以了解到，作为琳德霍鲁斯特的敌人，也同时是安塞尔默斯的敌人的女人，是从邪恶的黑龙的翅膀上落下来的一根羽毛，与砂糖萝卜相爱生下来的一个魔女。但是非常有意思的是，这个魔女同时也是作为乳母照顾过小时候的维罗妮卡的莉塞婆婆。她在平常以预言家劳埃琳的身份出现在人们面前。维罗妮卡对劳埃琳的怪异行为感到厌恶的同时，当她知道劳埃琳就是莉塞婆婆时，又心生好感，并产生了想要帮助劳埃琳的想法。

在这里，一位具有双面性且还是位女性的人物登场了。莉塞婆婆是一位抚养并教育过维罗妮卡的温柔的女性。而当她变成劳埃琳时，虽然在努力成就维罗妮卡与安塞尔默斯的爱情，结果却扮演了要干掉安塞尔默斯的角色。琳德霍鲁斯虽然也具有两面性，但是最终还是被描写成了正面人物。与此相反，具有两面性的莉塞（劳埃琳），最后被描写成了一个极具破坏性的人物，并在与琳德霍鲁斯特的战斗中战败逃亡。

父亲的形象与母亲的形象（莉塞是乳母）为什么会出现如此大的差异呢？这个问题我们之后会详细讨论。总之，正如琳德霍鲁斯特所强调的那样，要想获得更高层次的幸福，“战斗”是必要的。我们必须要认识到，浪漫主义正是由这种战斗所造就的。正是由于不明白这点，很多日本人才会不明白什么是真正的浪漫主义。日本人所说的“罗曼蒂克”，其实很多时候解释为“伤感主义”可能更为合适。

母性可以说是浪漫主义的敌人。幼年时的维罗妮卡在莉塞婆婆的养育下长大成人，可是到了青年期，当她想飞向诗一样的世界时，却遭到了魔女劳埃琳的阻挠。因此，打破这种阻挠就成了她的必修课。这里正显示了浪漫主义精神的优越性，即充满了强大的抗拒身体性的力量。这里有一件非常有趣的事情，塞鲁潘狄娜的父亲琳德霍鲁斯特、维罗妮卡的父亲帕乌鲁曼教授都在书中登场了。然而书中却没有关于两人母亲的描写。取而代之的是，作为“母性”的象征出现的莉塞（劳埃琳）在书中极为活跃，最后却落得了一个被消灭的下场。

浪漫主义是一个重视情感世界胜过重视人类的理性、重视梦境胜过重视外在现实的一种思维方式。我们可以去探求人类存在的最深层的意义，然而，我们真的能够杀死自己的母亲，全盘否定身体性对我们的影响吗？这也许正是浪漫主义所具有的悲剧性的根源，也是很多浪漫主义艺术家难逃自杀等悲剧命运的原因吧。

两对姻缘

霍夫曼也许已经很深刻地认识到了浪漫主义中所存在的矛盾。他自己本身也是边在分裂的痛苦中挣扎边生存下来的。接下来，我还将为大家介绍更多的霍夫曼作品中所存在的“双重构造”。让我们再回到现在正在讲述的作品中来，看看书中由塞鲁潘狄娜与维罗妮卡所构成的双重构造是如何被解决的。书中的解决方式可能看起来比较简单，安塞尔默斯在与塞鲁潘迪狄娜喜结良缘的同时，和帕乌鲁曼教授经常在一起的书记官海尔布兰德通过了宫中顾问官的考试，并向维罗妮卡求婚，而维罗妮卡也欣然接受了。也就是说，最后，书中成就了两对美满的姻缘。

之前那么想和安塞尔默斯结婚的维罗妮卡，在接受了海尔布兰德的求婚后，将目前为止所有的往事都说对海尔布兰德讲了出来，并坦言道：“我已经不想再和魔法有任何瓜葛了。我从心里祝福安塞尔默斯能够生活得幸福快乐。他和那条绿色的蛇最终走到了一起，那条小蛇比我更加美丽，也比我更加富有。我呢，从现在开始只想成为你——宫中顾问官海尔布兰德先生的忠诚的妻子，永远尊敬你，永远爱着你。”我们可以明确地看到，维罗妮卡非常清楚自己的界限在哪里，因此最后才可以有一个美满的结局。

书中的故事到这里我们就讲完了。通过这部作品我们可以看出，霍夫曼虽然是浪漫主义作家，但他也是极为注重对“现实”的刻画的。他既从属于浪漫主义流派，其作品中又充满了对现实的描写，而且这些描写可以说是极为到位的。对于霍夫曼来讲，梦与现实同样重要。因此在作品中，他并没有去贬低维罗妮卡这位普通的大小姐，而是充满敬意地为她勾画出了一个幸福的结局。

作品结束了，然而现实生活中我们又应该如何去面对这样的问题呢？在心中去完成两对美满的姻缘也许也是一个不错的答案。然而，这种方式真的有可能实现吗？如果从这个角度去思考的话，我们首先会发现，认真地去追求梦想真的是一件非常困难的事情，一定还有别的方式可以解决这个问题。作为一个提示，这部作品中我们可以发现一个事实，就是我们完全感受不到塞鲁潘狄娜与维罗妮卡作为人的人情味，也就是说这两名女性只是生活在霍夫曼的想象中，现实世界里是没有这样的女性的。

抛开这部作品不谈，其实在所有浪漫主义文学作品中出现的女性，虽然在男人眼里看来是极其有魅力的，但是在女性眼中，却是没有什么吸引力的。这是因为浪漫主义作家们没有按照人类的样子去刻画这些女性角色。有些时候，也有部分女性为了得到异性的爱慕，而向往浪漫主义小说中的女性们的生活。的确，如果成为浪漫主义文学作品中所刻画的女性的话，会使异性趋之若鹜人气倍增。然而，这样的话也将不得不面临迷失自我的危险。

那么，我们是不是可以说霍夫曼的作品是完全没有品位的呢？我觉得，就如同我们之前所讲的，他的作品在描述人类的内心世界，特别是男性的内心世界方面，可以说是堪称杰作的。或许是因为书中的舞台太过古老，在现代青年眼中看来可能没有什么魅力。但是书中所描述的问题，也是适用于现代社会的。那么在现代女性的眼中，又是如何看待我们所讲述的问题的呢？接下来，我想就此问题为大家做一下分析，因为在她们眼中梦与现实的界限是极为模糊的。

2. 梦与现实

霍夫曼的作品为读者勾勒出了一个巧妙地将“现实”与梦幻交织的世界。主人公安塞尔默斯曾多次被人当作“妄想”狂和精神病患者。然而，他却获得了一个非常圆满的结局，他所体验到的一切，都得到了事实的证明。换句话说，安塞尔默斯所体验到的一切，其实都是“现实”。

到底“现实”是个什么东西呢？我们是否在很多时候错误地以为自己真的已经了解到什么是“现实”了呢？对于古人来说，了解天地间各种自然现象已经是一件很吃力的事情了。然而，在现代社会，虽然有时也会因为无法预测而受到自然灾害，但是我们已经了解这些灾害是由于地震、台风或火山爆发引起的，并充分理解了这些灾害发生的原理。最重要的是，这种理解是具有普遍性的，不同以往的“某人在某处见到了神”“某人看到过龙”这种偶然现象。也就是说对于任何人来说，“现实”都是同一且唯一的。

随着近代科学的飞速发展，这种现实认识的方式正在不断被强化。随着基于自然科学的现实认识论的“进步”，“人类可以支配自然”这种想法在近代也愈来愈强烈。在近代，虽然“梦”还是作为这种想法的延伸被对待的，但是到了现代这种梦已经被打破，人们对“唯一的现实”这种思考方式也开始产生了怀疑。当我们将现实与梦明确地区分开时，就会发现无论怎么样，也是梦的一方处在不利的地位上，不是被现实所忽视，就是被当作印证现实的陪衬。但是其实“现实”这种东西，原本就不是明确的，如果我们开始就承认现实是一种多元化的存在的话，就会发现其实梦在某种角度上，也应该算作是一种“现实”。

不再将梦与现实做明确的区分，而是将它们作为同等的“现实”对待，这样的想法不是很好吗？当然，说到“同等”，可能有人会问究竟是指什么程度的同等。的确，这里我想说的“同等”，不是“完全一样”的意思。我想说的是，两者在重要性上是一样的。当我们以这样的现实认识论为基础时，看到的“青春的梦”又会是什么样子的呢？关于这个问题，让我们一起来读一下吉本芭娜娜的《甘露》，并从中试着找到一些答案吧。

意识水平

《甘露》的主人公是年轻的单身女性朔美。有一次，朔美与男朋友龙一郎以及男朋友的友人小澄君一起乘飞机去塞班岛旅行。当朔美在飞机上睡得迷迷糊糊时，飞机一阵猛烈的摇晃使她惊醒了。这时她听到朋友荣子的声音："都朝着我飞过来了"，也就是说"这种味道、这种画面、这种感触一股脑地雪崩般地向我涌来了"。"我惊慌失措，进而坐立不安、头昏脑涨"。朔美去厕所调整了一下自己的心情回到座位上时，小澄君说道："刚才是不是有个女人在叫你？""什么样的人？"朔美问道。"嗯……我没太看清楚，不过是挺漂亮的，身材纤细的一个人。声音也挺高的。""真是她。"小澄君又说道："飞机降落后，马上给人家打一个电话比较好。"

"与我内心的动摇相反，小澄君以理所应当的口气对我说了刚才的话，就好像在说天气冷了，带件外套比较好这件事一样。"

"天气冷了，带件外套比较好"这句话，与看到某人的幻觉时所说的"打个电话比较好"这句话，都被当作了一样的理所应当的现实。在这里，朔美突然冒出了一个新的想法："我们必须要面对这种'现实'吗？"对，这就是所谓的"真实"[1]吧。

也许有人会觉得："世上真有这样可笑的事情吗？"然而，承认"有这样的事情"也是不得已的事情。曾经有一个人对我说，他在梦中梦到自己的好友去世了，醒来后真的就收到了那位好友的死讯。说

[1] 与前文的"现实"在原文都为reality。有现实和真实的意思。

完后他问我："世界上真的有这种事情发生吗？"我回答道："这是你自己亲身经历的事情不是吗，因此当然是有的。"这就是所谓的真实。《甘露》这部作品，正是试图对这种真实进行描写。所谓的梦与现实，其实都是被包裹在这种真实当中的。

在《甘露》一书中，作者特地用了"reality"这一英语单词，这恐怕是为了明确地区分其要表达的真实与一般意义上的"现实"的区别吧。在描写朔美的体验时，作者用到了"看到了某人的幻觉"这种表达方式。但这也许并不是幻觉，而是所谓的"真实"吧。因此，接下来才会与"马上打个电话"这种现实行动联结起来。

一般意义上被称作"现实"的东西，指的是人类通过通常的意识感知到的东西。到了现在，除了通常意识之外，通过所谓的"变性意识"也可以对"现实"进行感知，以至于让人不知道那种意识才是正确的。这个现象，在之前我们讲述"现实的多层次性"这一问题时曾经提到过。

朔美同母异父的弟弟，11岁的由男是一个可以轻易感知到各种超自然现象的少年。朔美带着因不想上学而烦恼的他，一起来到朋友在高知县的公寓中疗养。在这里，他们感受到了"令人感到恐惧的晚霞""红色透明、柔软而巨大的能量，展现出了压迫并穿透城市及空气中那道看不见的墙壁的强大压迫力，令人窒息般的活灵活现。当一天终结之时，我实际感受到了一种巨大的、令人怀念的、美丽的令人感到恐惧的东西在我们眼前谢幕而去”。

这就是“激烈的晚霞”。“这样的晚霞慢慢地退去，一种难以名状的难舍难分的感情中夹杂着淡淡的感激之情，让人的心久久难以平静”。

两人体验到的晚霞，与当天看到同一景色的人心中的体验是否一样呢？答案是否定的。虽然看到的是同一景色，但因观看之人的意识水平不同，其所体验到的感觉也是完全不同的。对于不了解这点的人来说，在一生中所见到的晚霞就单单只是晚霞，不会引发起任何的感动。

当读到这样的关于晚霞的描写时，我想起了之前介绍过的霍夫曼的作品《黄金之壶》中，安塞尔默斯第一次听到赛鲁潘狄娜窃窃私语，并因此而呆若木鸡时，作者关于主人公所在的易北河畔的景色描写。我觉得，很有可能霍夫曼与《甘露》这部作品的作者有着同样的意识水平，并体验到了同样的“真实”。但是，在当时的状况下，将这种体验作为真实去描写的话，是完全得不到世人理解的，因此，霍夫曼不得不将它以“幻想”的形式表达了出来。也正是因为如此，霍夫曼在他的作品中，强调了他所描写的幻想，并不是凭空想象，而是一种“真实”。

所谓的意识水平低下，并不是意味着意识模糊。如果没有意识水平低下与意识集中力共存的局面出现的话，超自然现象的体验就很难会发生。当这种平衡被打破后，人们就会生活在妄想的世界当中，或者有时候会随着心中不安的加剧而陷入惊慌失措的状态。我曾听到因突然的心中不安而陷入惊惶失措状态的人讲过，当时在他们眼中所看到的景色里的线条，全部如刀刃一般飞向他们的眼前。朔美和朋友们所看到的晚霞，与这种意识水平非常接近，当然，她们身上出现的不是惊惶失措，而是深深的感动。两者之间的差异既可以说如同一张纸那么薄，又可以说是极其巨大的。

我们不能简单地说“最近的青年们都没有梦”。在现代社会里，梦与现实的区别在逐渐消失，两者共同构成了真实，在这中间生活的人类，经常会有陷入疯狂世界中的可能。如果过分刻意地去避免这种状况的发生的话，虽说会比较安全，但也会让自己陷入一个单调而没有任何感动的世界中。

两位女性

我们刚才介绍了霍夫曼的作品与《甘露》的一个相近之处，其实，如果从这个角度去看的话，我们还会发现很多这样的共同点。在《黄金之壶》中，作者将维罗妮卡与塞鲁潘狄娜的对比作为一个非常重要的环节在描写。在《甘露》中，朔美与其妹妹真由的对比也是非常重要的情节。“真由天生丽质，既不像父亲，也不像母亲。（中略）小时候，她就可爱得宛如一个小天使娃娃。”正因为有这样的容貌，她从小就在文艺圈崭露头角，“以文艺圈为家，很小的时候就不和家人一起生活了”。

“说不上来有多丑”但是“长相平庸”，从小在家庭环境下长大的姐姐朔美，与妹妹真由形成了鲜明的对比。当妹妹真由因为神经衰弱而决定告别文艺圈时，作者对她当时的状态做了这样的描写。“引退前，她的容貌、她的体型、她的妆容、她的衣着，都仿佛是把单身男子的妄想幻化成了实际的女孩子一样”“她用一块又一块现成的板子，将自己的弱点弥补起来，进而形成了一个又一个的自我意识。她的神经衰弱，也许正是来自她生命力的呼唤吧”。

“仿佛是把单身男子的妄想幻化成了实际的女孩子一样”，这种表达方式与我们在解读《黄金之壶》这部书时讲到的“有的人向往着像浪漫主义小说中的女性一样生活”这点不谋而合，而真由正是在这样生活着。在这种生活方式的影响下，我们曾经讲过，会有“迷失自我进而造成整个人的崩溃”的危险。真由正是如此，她“开着车撞向电线杆而惨死，原因是她酒后驾车且服用了大量的安眠药”。

补充一句，小说的故事发生在真由离世的半年之后。也就是说，真由在小说中并没有出场。也许有人会说了，这样的话朔美与真由的对比，不是不能像维罗妮卡与塞鲁潘狄娜那样被描写了吗？这正是区分两部作品的重要一点。我们曾经讲过，霍夫曼作品的一个重要创作基础就是将梦与现实完全分开。随之而来的是，两位女性在男性心中的形象也是分裂开来的。与此相对的是，在《甘露》中，作者描绘了女性眼中看到的女性形象，在这里梦与现实是融合在一起的。我还是先说结论吧，在这部作品中，作者讲述了一个朔美在某种意味上渐渐与真由合为一体，变为一个女人的过程。塞鲁潘狄娜与维罗妮卡两者合二为一，变为一个女人生活的话，对于这个女人来说，梦与现实的界限就不存在了。

两个女性形象合二为一，需要某种重要的体验作为前提。对朔美来说，这个体验就是她有一次从楼梯上摔下来撞到了头，进而丧失了记忆，连自己的母亲都认不出来了，因此需要慢慢找回自己的记忆。可以说，朔美曾经一度死过一次，当她重生之时，真由的形象慢慢地融入到了她的意识里。

作为揭示这种“合体”现象的一个象征性事件，朔美有一次与真由的恋人龙一郎“在恍恍惚惚中发生了性关系”。听到这件事情之后，朔美的朋友荣子惊讶道：“你说什么？不记得发生什么了？可是与真由的男朋友之间的事啊！”对此朔美回答道：“记得是记得，但是就是没有什么实际的感受，记忆也是模模糊糊的。”“你是不是故意忘记的，原本就对人家有意思吧？”荣子追问道。“说实话吧，就是这点我到现在都搞不清楚。”朔美这样回答道。

龙一郎是一位作家，在真由死后一直在海外旅行。当他回到日本时听说朔美出事，震惊得马上给在医院的朔美打了电话。朔美问出龙一郎所在的酒店后，就从医院里逃出来去见了他。看到剃了假小子头的朔美，龙一郎感叹道：“朔美，你变了，和以前完全不一样。”然而朔美却觉得：“他完全不是我以前认识的那个他了。”结束了旅行的龙一郎，变得洒脱而更加成熟了。

“然后，仿佛一切都是顺其自然的样子。我进了他的房间，并在那里过了夜。这是一个奇妙的夜晚，从‘长期旅行的人对女性的饥渴’的程度，升华到了‘我手术后第一次外出，有些恍恍惚惚’，以及‘原本对彼此就非常感兴趣，一直在等着这个机会’‘像完全遇到了陌生的人一样’‘这是一个奇迹，感谢神灵’这种美妙的程度。总之，这是一个美妙的夜晚。”

作为朔美与真由结合体的接触对象，需要龙一郎这样的男性存在。朔美与龙一郎的关系绝不是所谓的罗曼蒂克，但是讲到这里，我们可以清楚地看到，这正如我们前面所讲的，这种关系里混杂着各种各样复杂的因素，而罗曼蒂克只是其中之一。

11岁的弟弟

在朔美将真由融入体内、重新塑造自己的过程中，龙一郎是一个非常关键的人物。与此同时，还有一位和龙一郎同样重要的人物，就是一直在帮助她的11岁的弟弟由男。一位女性在塑造自己的青春之时，需要这样年龄段的少年的帮助，这是一个让人十分感兴趣的话题。

由男是一个对超自然现象非常着迷的少年。在他认为“非常有趣”并借给朔美的《世界上真正存在的神秘现象100例》这本书中，记载了一位“拥有两个人记忆的妇人”。这个故事讲述了在美国得克萨斯州居住的玛丽·赫克托女士（42岁）自从遇到了交通事故，自己的记忆中就融进了一位17岁时死去的家住俄亥俄州的名叫玛丽·索顿的少女的记忆。在读完这个故事之后当天的夜里，朔美做了一个“奇怪的梦”。

在朔美梦中的世界里，“天空蓝得令人生畏，遥远得好像可以将人卷走”，她见到了“有生以来第一次让人感到震撼的景色”。她与坐在自己身边的“玛丽女士”交谈着。玛丽女士告诉她，自己是如何将另一个玛丽小姐的记忆融入到脑海里的。对此朔美说道：“我不知道是不是真的有一个只属于自己一个人的自己。”并指出，“自己已经是一个死过一次的人了。”玛丽女士听后点点头笑了，并幸福地说：“有两个灵魂能够通过我的眼睛看到如此美景，想起来就很开心。”在阳光照射下，雨水从天而降，眼前的景色呈现出了奇妙的美丽。

“眼前的一切都闪闪发光且充满着甜蜜，愉悦的心情及绚烂的景色让自己有一种想流泪的冲动，然而只有从天而降的雨水顺着脸颊静静地流了下来。‘也许，就在现在，有四个人在同时看着这片天空、这片大地、这些云与雨。’听到我说这些，玛丽女士静静地点了点头。”

对于这个梦，朔美觉得“不知道这是为什么，但是心中就是充满了感激之情”。这也许就是朔美在找回自己记忆的过程中，预见到了真由将进入她记忆的一个征兆。与此同时，我们应该注意到的是，给了她做这个梦机会的人，是一个11岁的少年。

由男对很多超自然现象都有很深的体验，比如出现“幻听”等（其实这究竟是不是可以算作“幻听”，也是一个问题）。总之，他经常可以听到某人的声音。正因为如此，平时学校里普通的学习生活对于他来说一点意思也没有，进而总是不去上学。作为姐姐的朔美非常同情弟弟的遭遇，希望可以治愈他的心灵，因此无论是去朋友在高知的公寓时，还是和龙一郎一起去塞班岛时都会带上他。然而令人感到不可思议的是，想去治愈别人的人，往往会在不知不觉中变为被治愈的一方。也许，我们更应该说，当治愈方法非常深刻时，会产生一种两者之间的相互作用。当朔美带着由男散步时，朔美成为了由男治愈的对象。当朔美体内的真由“慢慢醒来”时，由男扮演了重要的角色。

由男曾经问过朔美，是否知道真由为了龙一郎“流过两次产”。朔美非常惊讶由男是如何知道这些的。由男回答说是“梦见的”。在梦里，他在演播室里见到了真由，当他“抱着久违的心情想去抱真由时却总也抱不到。真由那苍白得近乎透明的面色与笑容令他感到神秘与恐惧。梦中，他知道真由已经死了”。真由在梦里对由男非常亲切，并希望由男能够将她非常后悔没能生下两个孩子的事情转达给朔美。与此同时，她说：“我是自己太着急了，其实没有谁对谁错。”并忠告由男道：“由男你也很早熟，要自己小心，做什么事情都不要像我这样着急。”她还意味深长地说道，“我不知道实际上自己是不是还活着，但是在演播室时可以看见很多东西。天空是蓝的，手指有五根。可以看到父亲和母亲，可以和陌生的人打招呼。这就如同咕咚咕咚痛饮甘甜的水一样。每天不喝水的话，人就活不下去。什么事情都是如此。不喝水的话，或者说明明有水却故意不去喝的话，人就会因为干渴而失去生命。”

真由通过具有超能力的由男，将很多事情传达给了朔美。“有两个没能生下来的孩子。非常不甘心”，这一信息或许表达了真由希望朔美能够生下龙一郎的孩子的愿望吧。与此同时，她将一般意义上的被称作“外在现实”的东西，通过“每天不喝水就会死”这种方式表达了出来。她想表达的是，需要将外在现实吸收到自己的身体里加以消化。当我们听到她这些话时就会发现，在她的心中，外界与内在、梦与现实的区别其实是相当模糊的。这里面正蕴含着现代的青春。

撞到头

过去的青春，是将现实与梦进行明确区分的，因此，那时青春的意义就在于如何将梦变为现实。然而，我们渐渐认识到，那时的这种方法并不十分有效。在现代的青春中，梦与现实的界限是十分模糊的。将这两者都作为真实去接受，并在这个过程中找到自己的生活方式是一件非常重要的事情。关于这点，在《甘露》一书中，一位11岁的少年以“生活方式指导者”的形象登场了，这是一件非常值得玩味的事情。其实这个少年，或许可以说是朔美“内心中的少年”吧。总之十几岁的孩子，是一个奇妙的存在。虽然不可以一概而论，但是在这个年岁的某些孩子的身上，确实有一种可以和青春产生共鸣的东西。

关于十几岁的孩子的问题，我在这里不能用太长篇幅去讨论，因此就简单地一带而过吧。但是，这个年岁的少年，像由男一样，有着能让青年都汗颜的关于死与恋爱的深度思考，以及关于对青春不安的最直观的感受。真由将现实形容成“每天不能不喝的东西”，这里面实际上隐含了我之前谈到过的“厌食症”问题，也就是拒绝将外界的能量吸入体内的心理。这样的心理问题，从十几岁的时候开始就会出现了。

朔美因为撞到了头导致记忆丧失，因此不得不面对恢复记忆的过程。在这一过程中，她也应该更容易回想起那些已经忘却的过去吧。因此，这时候的她，与十几岁的弟弟变得非常合拍。也许在这一过程中，朔美也体会到了和十几岁的由男一样的对青春的不安。

朔美在和龙一郎亲近的过程中，龙一郎的朋友小澄君和他夫人“佐世子”夫妇扮演了至关重要的角色。这里又出现了两组夫妻的问题。小澄君夫妇居住在塞班岛。前面讲到的朔美在飞机里体验到的超自然现象，对于小澄君来讲只能算是家常便饭，对于佐世子也是一样。龙一郎与朔美在塞班旅行时，被小澄君夫妇的超能力所震惊了。

小澄君夫妇有时候可以说是住在神灵的世界中，有时却又会为了生活中的一些非常无聊的琐事而吵个不停。朔美被他们的举动惊呆了，感叹道：“究竟是一对如神灵般高尚的人，还只是一对普通的新婚夫妇？真是忙忙叨叨的两个人啊。”也就是说，这两人无法用简单的二分法去区分，在他们的身上，梦与现实、神圣与庸俗是交织在一起的。

为了体会到梦与现实、神圣与庸俗交织在一起的青春的真谛，需要我们将意识水平提高到一个相当的程度上。通常的意识水平，是无法理解这种问题的。朔美之所以能够有此体会，也是因为经历了妹妹的死与从台阶上摔下来而撞到头这两件事。朔美对青春的深深的体验背后是存在着死亡的。在一步踏错就会堕入黄泉世界的独木桥上前行，朔美充分体会到了现代青春的真谛。当朔美第一次遇到佐世子时，佐世子对她说：“你已经一只脚踏入黄泉了啊。”朔美“瞬间被雷倒了”。但佐世子又对她说:“这不是什么坏事。”并解释道,“总有一天,因为你的身体一半已经死了,另一半身体的全部机能会充分释放出来,让你重获新生。这可是瑜伽修行者一生所追求的东西啊。”对于朔美来说,为了让潜能“全部释放”,“一只脚踏入黄泉”是非常必要的。

与死保持绝缘状态的生活是安全的。可是,真的有所谓“安全的青春”存在吗?真的有的话,恐怕也是一种毫无乐趣的东西吧。话虽如此,现实生活中,经历身边人的死亡,或是撞到头将自己弄个半死,怎么说都是不幸的事情。稍一不小心,这些事情就可能将自己推向万劫不复的深渊。但是,从另一个角度来看,我们或许也可以说不经历不幸与危险的话,就不会领悟到意义深刻的东西。因此,《甘露》一书以下面这句话作为了结束语:

“撞到头,还算是件好事呢。我敢肯定地说。”

最近在东京原宿散步的话,会与形形色色的人擦肩而过。出于好奇心去观察的话,就会发现有很多年轻人拿着棍棒一样的东西在互相敲打着对方的头。“难道现在也有内部斗争?”当我这么想的时候,却发现年轻人的表情是不一样的。与内部斗争中年轻人那充满敌意的表情相反,这些年轻人以一种可以说是和平的表情在互相打闹着。

“过去有着竹笋一族[1]，现在却变成香蕉族了。”一个围观的人以同样非常柔和的表情说道。

向四周看去会发现旗帜林立，上面写着“青年们，击打头颅吧”。这中间也有一些英语旗帜，上面写着“Boys be amritious！”。我渐渐也被周围的气氛所感染了，但是开始担心年轻人互相打击对方的头部是否过于激烈了。有一些年轻人，脸上流露着极其幸福的表情的同时，头上的血却滴滴答答地往下流。我忍不住劝道：“你们打头可以，但是用木棒子打就有些太过分了吧。”年轻人把头转向我道：“这可不是什么木棒子啊，这是用塞班岛上一种叫作甘露的大型香蕉树做的。”我还是不死心，为了阻止他们大叫道：“别什么甘露了，用充气棒子多好啊。再怎么说甘露也是木头的，充气棒子里面是空气，危险性小多了。都是KI[2]，性质完全不一样！”

我被自己的大叫声惊醒了，这才发现，原来是我读《甘露》太专注了，以至于梦中都梦见了它。好不容易梦见它，却由于我的原因将梦的情节变得非常奇怪，看来我的脑袋或许也被撞到了吧。

[1] 指20世纪80年代在日本原宿代代木公园附近的步行街上穿着独特服装跳舞的人们。

[2] 日语中，木头和空气都读作KI。

3. 梦的实现

说起梦，我们应该如何去看待夜里睡觉时所做的梦呢？一般来讲，我们所说的“青春的梦”等，都是指在清醒的状态下，对自己未来的一种单纯的畅想。有时候，这种梦想虽说是非常明确的，但是自己心中却没有任何关于实现它的具体计划。这样的“梦”虽说与夜里睡觉时做的梦有一定的关联性，但是却并不完全一样。睡觉时做的梦在意识水平上，远比清醒状态下的梦要深得多。然而，在一般情况下，我们很难与清醒状态下的意识直接进行沟通，因此完全不知道清醒时意识想要表达的是什么的情况非常普遍。但是，将梦正面进行解析的话，有可能会知道它的意义。

我在实施心理疗法的过程中，经常通过梦的解析的方法，去听取青年们的梦。然而，要是解释梦的解析方法的话，又不得不占用很大的篇幅，因此，在本书中，我只简单为读者介绍一下在这一方法的整体流程中，与本书有关的部分。

梦的意义

当我们早上起床后回想夜里做过的梦时，很多时候会觉得是那么的荒唐无稽。然而，正如我们之前讲述的，让我们把梦也作为现实的一部分来对待又有何妨呢？

让我们一起来看一个例子。有一个青年在儿时经常与父亲一起去钓鱼，在他上大学后，做了一个与父亲一起去钓鱼的梦。在梦里，父亲在一个竖着“这里禁止钓鱼”的牌子的地方准备开始钓鱼。当他提醒父亲注意牌子上的内容时，父亲却无视他的提醒，仍然准备继续在那里钓鱼。

做这个梦的青年实际上是非常尊重自己的父亲的。在他的眼里，父亲是温和而严厉的，绝对不会做无视禁止钓鱼告示牌的事情。小时候父亲经常带他一起去钓鱼，并教给他各种有关钓鱼的知识，在他眼中，父亲是一个“无所不能”的人。因此，对自己梦见父亲无视禁止钓鱼指示的行为，他无论如何也想不明白到底是为什么。

在我们进行梦的解析时，除了梦的内容本身，对当事人当时所思考的内容、所感受到的内容的把握与理解也是极为重要的。我们有必要去了解当事人通常的意识状态，但是，当我询问相关的内容时，我觉得，这位青年认为自己的父亲是极为有能力且极其厌恶违规的这一想法可以实现，然而，他梦中认为父亲正在做违法乱纪的事情，是不是也在某种程度上可以算作是一种现实呢。这里最重要的是，不要马上去决定哪个是对的、哪个是错的，而是让看似矛盾的事实就先这样矛盾下去，自己先试着与它们和平共处一段时间看看。

我在前文中多次提到了现实的多层次性这个问题。在这里，如果只是承认父亲是非常讨厌违法乱纪的这一事实是正确的话，那么梦中的情节就只能被当作是无稽之谈而一笑了之了。与此同时，也有可能会犯一些“爱好解梦”的人常常犯的错误，从梦中的情节判断“父亲就是一个违法乱纪的人”。这样，实际上就只是承认了梦中的情节才是事实了。上述两种倾向皆不可取。当我们忍受矛盾时，就会发现很多新的东西。

首先这位青年应该反省的是，自己在尊敬父亲的同时，是否正在试图将自己变为父亲，而有意无意地在模仿着父亲的想法与行为呢？是不是虽然认为自己在以一种“正确的”方式生活，但是，却对这种所谓的“正确”的基础产生怀疑了呢？认为是正确的东西有时候却并非如此，被认为是违法乱纪的事情有时候也有着特殊的意义（不管怎么说，父亲像没事人一样地做了违法乱纪之事）。从这点出发去考虑的话，就会发现青年的疑问已经不仅仅限于如何看待父亲这件事了，而是可以扩展到对世间普遍意义上的道德观的一种怀疑。

通过这样的分析我们可以发现，这个学生虽然一直对父亲言听计从，但是可能有时候也想将自己的不同见解表达出来。还有一种可能，就是青年从之前一些被自己当作“违法乱纪”而从未去正视的事情中发现了一些新的有意义的东西，进而萌生了想去尝试一下的念头。当然，这样的尝试是伴随着危险与困难的，需要循序渐进，同时注意观察周围的反应以及自己今后梦中的内容变化，并基于观察去进一步深思熟虑。我把这一过程称为“梦的实现”。

接下来，我们再来看一个25岁的美国青年所做的梦[1]。

“我身处一个巨大的美式橄榄球场之中。那里一个人都没有，我想离开那里，便顺着倾斜的小道向下走。然后，我放松地叹了一口气。”

这是一个处在青年期即将结束阶段的年轻人的典型的梦。梦中的美式橄榄球场是青年在大学时代狂热地去观战的大学美式橄榄球赛的赛场。在迷恋体育运动的时候，无论是谁都会切实感受到“母校”这种概念就在自己身边，并切实体会到自己的个性正在被母校这种概念所支撑。然而，在梦中，橄榄球场里却空无一人，并且梦的主人正想要离开那个地方。这个梦告诉自己的主人，他的人格即将离开大学集团的支撑，独自走上孤独的道路，或者暗示自己的主人必须要去找到

[1] 出自Joseph L. Henderson的*Thresholds of initiation*，日文版由浪花博、河合隼雄翻译，1985年由新泉社出版。

新的可以依靠的集团。

在这里，如果我们想要尝试“梦的实现”这一过程的话，就可以让梦的主人不要太过拘泥于自己是“从某某大学毕业的”这件事，而是通过自己的力量去努力探索新的个性。这样的话，梦就会传递给他新的信息。实际上在我所引用的书中，作者在接下来的文章中又介绍了一些表明这一方向性的梦境，这里，我就不一一列举了。

到这里，我举了两个非常简单的例子。我们如果这样去对待夜里所做的梦的话，就会发现梦也是具有极其重要的意义的。

需要注意的是，我们不能将梦的内容一字不差地全部当作正确的指示去接受。当然，有时候梦的内容确实是完全正确的。但是，正如同我们从现实的多层次性中学到的一样，梦也是具有极其多的含义的。因此，我们需要忍耐梦的这种多重含义性，训练自己从梦的众多含义中找到真正对自己有价值的部分。

举个例子，在《甘露》一书中小澄君与佐世子在第一次见面时，他们发现早已在梦中见过彼此了，并以此为缘步入了婚姻的殿堂。以这样的形式结合起来的两个人往往能够将婚姻长久地维持下去。然而，在现实生活中遇到梦中曾经相见的人恰巧对方也是同样的情况，并因此走向婚姻殿堂的人中，也有难以将婚姻维持下去的例子。如何正确对待梦带给我们的信息，实在是一件很难的事情。但是仔细想想这也是有道理的。在现实生活中，对于别人告诉我们的一些“好事情”，我们也并不会全部信以为真且全盘接受，肯定是要经过认真的思考与判断。那么，梦不也是一样的吗？

青年们的梦

在这一章节里，我想讲几个令我印象深刻的青年们所做的梦。首先我们来看一个女学生的梦，这个梦我之前也在别的刊物上发表过。这个学生成长于一个非常严格的家庭环境中，对性的话题是极其忌讳的。然而她经常会出现幻听，听到周围的人仿佛在说自己是“色情狂”。她忍受不了这种幻听而来找我咨询，在持续接受梦的解析的过程中，她又做了如下文所述的一个梦。

“梦里的主人公是一位自由奔放的公主。她不顾随从的制止坚持穿着超短裙。画面突然一转，我觉得自慰的事情是无论如何也不应该做的，然后又梦到A先生在追逐我。画面又一转，最后公主因为羞耻而自杀了。”

这里又出现了我们在讲述《黄金之壶》与《甘露》时所谈到的，“我”与公主这两位女性的对照。公主的自杀与《甘露》中主人公妹妹的自杀可以说是平行的关系。然而，做这个梦的女生，说她意识到在梦中自杀的公主其实就是她自己。也就是说，梦中的两位女性之间的隔阂其实是非常薄的，甚至说不清两者是不是同一个人。这点，与《甘露》中所讲述的主人公朔美将自己死去的妹妹真由的人格融入自己体内的事情，实际上是有异曲同工之妙。

梦中登场的公主，是一个以梦的主人无法做到的自由奔放的生活方式在生活着的形象。在梦中虽然出现了梦的主人被男人追逐，以及产生对自慰的罪恶感等插曲，但是，因为最后出现了公主“因为羞耻而自杀了”的情节，就导致了梦的主人分不清之前出现的插曲究竟是关于自己的，还是关于梦中的公主的。就这样，两位女性融合在了一起。通过梦中公主的死，我们或许可以期待梦的主人可以成长为一个稍许带有自由奔放性格的女性。

接下来，让我们再来看一个年龄稍微大一些的，已经从大学毕业并从事专业性工作的20多岁奔30岁的女性的梦。

“这是一个桌子上放有一些实验工具的实验室，里面还有一些其他各种各样的机器。我（一个身穿白大褂的男性实验指导员）走了进来。一位女学生对我说，她有些地方无法认同我的意见。我们两个开始交谈，一开始双方还心平气和，后来就变为了实力对决（但是好像并没有发生过分激烈的言语冲突）。然后我与这位女学生握了手。不知在什么时候这位女学生变成了我自己，我心中涌现出一种莫名的感动使我心潮澎湃，然后我与老师握了手。”

这是一个女性与男性建立起积极肯定性的关系的感动之梦。男女之间关系的构建，需要互相之间的理解，因此有必要站在异性的立场上去体验一下。这位女性在梦里化身为男性，与对某种问题“有异议”的女性进行对决，从而加深了关系。在梦中我们可以化身为异性，这恐怕算是梦的一个好处吧。

最后，我再来介绍一个青年期的梦在某种意义上影响了梦主人人生方向的一个例子。这是京都爱宕念仏寺住持，在佛教美术方面有过诸多著作的西村公朝大师自己口述的自己青年时期所做的梦[1]。

昭和十七年（1942年），西村作为日本军人在中国打仗时，从汉口向长沙急行军。因为疲劳过度，他边走边睡着了。这期间他做了如下的梦：

“我的右边是排列成一排的无数破损的、表情悲凉的佛像。我从他们面前走过，一尊一尊地审视着他们。这里有阿弥陀如来、药师如来、千手观音、地藏菩萨等各种各样的佛像，这些佛像有的手脚残缺，有的头部或身体部位破损，所有都面带悲伤的表情。这些佛像东倒西歪，相互倚靠在一起。我默默地审视了上百座佛像，可前面仿佛还有成千上万座。我边走边对这些佛像说：‘你们如果希望我来修缮你们的话，就保佑我平安回国吧。’到这里，我就从梦中醒来了。我旁边的战友，身体向我的身上靠过来在边走边闭目养神。不知道为什

[1] 出自1986年法藏馆出版的《千手千眼》。

么，我的心里突然涌现出一种安心的感觉。我到现在也忘不了那些佛像的样子，以及当时心中涌现出的莫名的喜悦感。”

做了这个梦之后到日本战败的三年半的时间里，西村一直留在中国，却从未在战场上放一枪一弹。他本来就是在东京艺术大学学习雕刻的学生，日本战败后他回到日本，充分发挥了自己的特长，开始专心从事佛像修缮工作。之后他进而皈依佛门。可以说，西村正是一个通过实现自己的梦而开拓了属于自己的人生的一个典范。

他梦中那些残破的佛像，既可以说是身心都残破不堪的急行军中的战友，也可以说是在战争中杀伤对手的同时，也让自己的灵魂受到了伤害的日本人。西村回到日本后从事的佛像修缮工作，算得上是一项治愈日本人灵魂的事业。可以说，他所做的梦真的很了不起。当然，在实现这个梦的过程中，西村所付出的努力想必也是非常大的。

通过上述例子，我们或许已经了解到了，夜晚做的梦也是具有相当深意的。与此同时，想必我们也已经认识到实现这些梦，与实现以理想和愿望的形式表现出来的梦，并无很大的差别。不管怎么说，领悟这种多层次性的真实，对于青年们来说不能不说是一个极其重要的课题。

第四章

青春的游戏

我们讴歌青春时，实际上也是在讴歌“自我”这个东西所拥有的充满青春气息的存在方式。在工作中能够做到这点的人是非常幸福的。然而工作这个东西，一般来讲是受到很多限制的，因此很难做到这点。特别是在很多情况下，年轻人会在工作中受到年长者的管理，这就更加难以实现我们所说的幸福了。因此我们是不是可以说，在游戏的过程中，我们会获得更多讴歌青春的机会呢?

在青年期人的身体中会有两种力量共存，一种是身心向外扩展的力量，一种是向自己内心探索的力量。因此在处于青年期的人们中，既有只有一方力量强大的人，又有处在两种力量强烈纠葛状态下的人。因为所处的状态不同，每个人参与游戏时的样子也不同。有的人喜欢独自玩乐，有的人却喜欢参与群体游戏。有的人喜欢和体力相关的游戏，有的人喜欢的游戏却与体力毫无瓜葛。青年们有时会根据自己的状态选择这些游戏，有时候却因为游戏本身所具有的特性不同，青年通过参与游戏而发掘出来的东西也不同。接下来，我们就来研究一下青年游戏的方方面面吧。

1. 游戏的意义

游戏可以说是一个相对于工作的概念。在一般情况下，人们对工作的评价要比游戏高。“游戏人生”可以说是一个充满了轻蔑意味的词语。其实，在我们小时候，曾经流行过“既要学得好，又要玩得好”这句话。然而，多田道太郎却认为：“原则上应该以学为主，以玩为辅。”多田在他写的《现代风俗笔记》一书中，作为支持自己论点的例子，引用了明治二十七年（1894年）版的《普通小学读书教本》第四卷中的这样一句话：“人们要从小时候就珍惜时间，努力学习，在学习之余再参与各种各样的游戏，这样就可以促进身心的全面成长了。”也就是说，游戏只是在学习“之余”从事的事情。

相对于这种一般意义上对游戏的认识，也有一部分作品是公开向世人讲述游戏本来的意义的，比如大家可能都听说过的，约翰·赫伊津哈[1]的《游戏的人》一书。针对这本书的内容，虽然罗杰·凯洛依

[1] 约翰·赫伊津哈（Johan Huizinga，1872−1945）是荷兰的语言学家和历史学家。

斯[1]做了批判，但是，我想以他的观点为基础，在接下来的文章中简单讲述一下我对工作与游戏两者关系的认识，同时以此为线索，我也想在更广泛的层面上去探讨一下游戏的意义。

工作与游戏

就像我之前曾经讲过的，在人们心中游戏一般来讲只是相对于工作来说的次要事情。因此关于游戏，流传着“休养论”“生活准备论”以及“剩余能量释放论”等理论，无论哪个都是基于以工作为主的思维模式而产生的。我们不能全盘否定这些论点，但是不管怎么说，我还是觉得约翰·赫伊津哈在《游戏的人》一书中将游戏作为人生最重要的事情的论点，是具有跨时代意义的。

赫伊津哈彻底颠覆了人们将工作放在第一位的想法，提出了“文化是存在于游戏之中”的观点。的确，如果有人对我们说，在人类世界里被称作“文化”的东西是以游戏的方式开始的，相比任谁都会有一种恍然大悟的感觉。“文化”这种东西，从生存的最低条件这个角度来看的话，完全是属于多余的东西。但是，因为有作为这样多余的

[1] 罗杰·凯洛依斯（Roger Caillois，1913–1978），法国社会学家。

东西而存在的游戏，文化才慢慢由之而产生。因此，我完全认同赫伊津哈所说的“游戏是任何文化的最基本的根源”的这一观点。

从上述观点出发可以看出，真正的文化如果脱离了游戏内容，就无法继续存在下去了。赫伊津哈曾经警告世人，在19世纪以后，随着社会生活的组织化进程的加快，游戏的要素正在逐渐丧失，人们开始变得认真严肃起来，因此这里存在着现代文明的危机。的确，我在后面的文章中也会提到这点，现代社会是一个讲求“效率”的社会。如果人们在进行游戏时也追求“高效率”的话，那么就会出现赫伊津哈所提到的“游戏”将不再是游戏的情况。现代社会虽然也有娱乐等概念，但是这些娱乐全部被很好地“组织化”了，从而产生了不再有纯粹的“玩”这一概念的奇怪局面。

将游戏形容成“比任何文化都更古老”的赫伊津哈的理论，将一直被人们贬低的游戏的价值一下子提升到一个很高的高度，因此是具有跨时代意义的。针对这一理论，凯洛依斯在高度评价了它的重要性之后，又加以批判。他认为在赫伊津哈的理论中出现的游戏这一概念，里面同时包含了游戏与“神圣”这两个完全不同类型的概念。让我们通过凯洛依斯的著作《人类与神圣的东西》来分析一下他的想法吧。

凯洛依斯认为，游戏与神圣都是与日常生活相对应的概念，在这个角度上两者是共通的。然而，两者与日常生活对立的方式却是完全相反的。神圣这一概念，是超越日常生活的存在，与其相关的礼仪等，都是事先做了精密设计，且需要人们极其认真地去对待的。可以说，所谓神圣是指通过由礼仪孕育而生的超自然之力，对日常生活予以支配的一种概念。比如在古代，人们遵从神谕来决定战争的方式甚至决定是否终止战争。与此相反，游戏就没有如礼仪般精密的设计，是一种自由而放松的活动。如果人们更加重视实际生活的话，那么游戏的世界就会轻易地被破坏掉。在公司午休的时候，不管我们参与怎样有意思的游戏，不管我们玩得怎样尽兴，一旦开工的铃声响起，游戏都将不得不被终止。

在凯洛依斯的认识中，在神圣与游戏两者的中间地带存在着世俗（日常生活的世界）这一概念（请参考下图）。

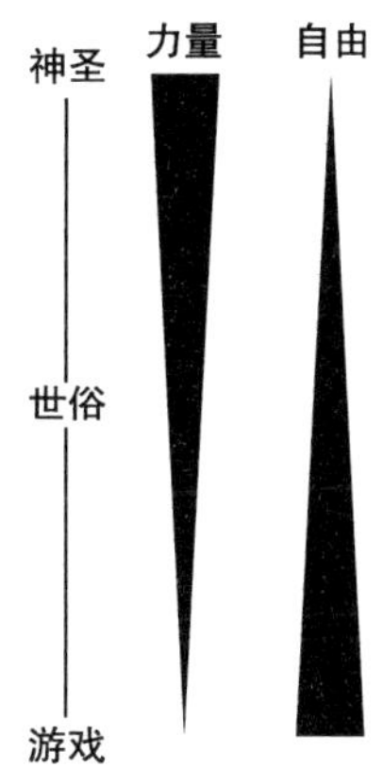

神圣・世俗・游戏的阶层构造

（凯洛依斯）

也就是说，这三者之间是存在着一种阶层关系的。从势力强弱这个角度来分析的话，三者的排列顺序是由上至下的，而从参与者的个人自由度来讲的话，其排列顺序却又变成了完全相反的自下而上。凯洛依斯的意见有他的合理性，然而赫伊津哈好不容易指出的游戏的本质，在这里有一种被“游戏与神圣”这样的对照比较所切断了的感觉。如果考虑到这点，我觉得我们不妨将凯洛依斯的理论做如下的改造。

神圣・世俗・游戏的环状构造

我们以游戏为例来思考一下。凯洛依斯认为世俗比游戏更具有力量。然而，我们就没有因为游戏而翘班的时候吗？当我们自己家乡的选手出现在奥运会的赛场上时，放下手头的工作去看电视，为选手加油助威，不也是被默许的事情吗？如果像凯洛依斯所说的那样，神圣支配世俗的话，那么国家权力以及富豪等的力量，是远不及支配神圣世界的力量的。但现实却并非如此，如果说这是个例外的话，那么这样的例外是否太多了？从这些问题去看的话，我们就会发现，凯洛依斯所提出的阶层构造，还是不够准确的。

特别是在“现代”，这样的阶层构造变得更加暧昧。当我们去观察人们的实际生活状态时，这种感觉会变得更加强烈。举个例子，有一个商务人士非常严格地遵守文件的书写格式，部下的一点错误他都无法饶恕，然而在对待父母葬礼仪式的事情上却显得并不严谨，甚至觉得让亲戚里的谁代替他出席都可以。关于葬礼法事的“礼仪”，他也觉得不用刻意去遵守一些严格的规定。如果将这件事结合我们接下来要讲述的例子一起看的话，就会发现，神圣、世俗与游戏三者间，实际上呈现出的是一种环状构造的关系（参考下图）。

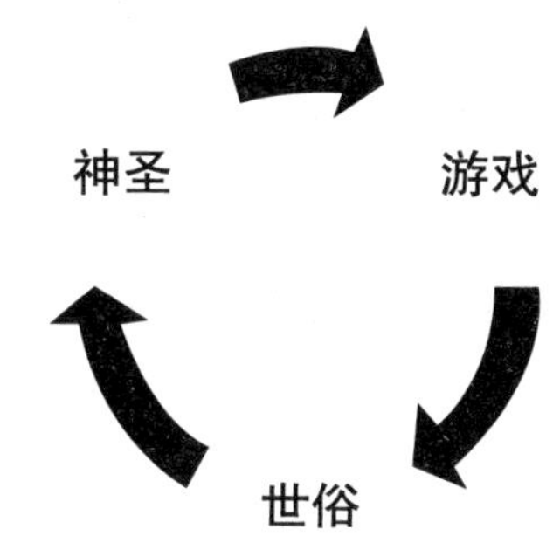

神圣·世俗·游戏的环状构造

这三者之间在很多层面上都处在一种极端的交互交流、相互渗透的状态之中。神圣世界中的礼仪逐渐变为游戏的例子其实有很多。摔跤这种游戏其实原本就源于宗教的礼仪，奥运会其实也可以说是这么来的。此外，僧侣根据布施的金额来决定戒名[1]的行为，与其说是神

[1] 道号和法号的统称。

圣世界的事情，不如说更接近于世俗。“观赏庭园之美是否属于宗教行为”，这是在研究日本人宗教性时的一个重要命题，而“应该如何逃税”则是一个世俗得不能再世俗的问题。

游戏的世界也是一样。在现代社会出现了以游戏为职业的人，并且这类人的社会地位还在不断提高。这里面最有代表性的是“艺术家”这一职业。“艺”这个词本身指的就是游戏，然而当它被升华为“艺术”，并成为一种职业后，其在世俗的世界里就获得了较高的地位。与此同时，很多体育运动也出现了职业化现象。在现代社会，通过礼仪去感受神圣世界的方式已经不再被人们所信赖，因此通过游戏走上神圣道路的方法就显得尤为重要了。艺术所带来的感动可以唤起人们对宗教的信仰，体育带来的感动有时也被赋予了近乎于宗教的色彩。不管我们自己是否意识到了，当我们为职业体育选手的出色表现而狂热时，思想与行为已经接近了宗教的范畴。还有这样一种情况，就是当职业足球运动员破门后，有时会进行一种被称作“舞蹈”的“仪式”。这样的仪式是经过精心策划的，如果套用凯洛依斯的理论的话，那么这就不应该属于“游戏”，而应该属于“神圣”的范畴了。

在世俗世界中的工作，也在不断接近其他两个领域。与欧美相比，日本社会中的工作尤其有接近神圣世界的倾向。即使只是制作一个汽车部件，也不仅仅只是追求规格与尺寸毫无差错，而是要做到尽善尽美，这种态度可以让人感受到一种近乎于宗教的色彩。在所谓的

“匠人气质”的态度里，即使不要利益，也要严格遵守自己心中的准绳，这可以说是与宗教仪式相同的态度。与此同时，把工作当作游戏的人也不在少数。在有的人心中，即使不赚钱也无所谓，只要能做自己喜欢的工作，或者能够把工作当作“享乐”来进行就会感到非常满足了。

通过我们的分析可以看出，与其将神圣、世俗、游戏三者看作是层级构造，不如将三者的关系看作是一个圆环来得更加贴切。特别是如果考虑到现代社会中游戏所蕴含的潜在宗教性的话，圆环构造的想法则更加显得有实际作用。我觉得，如果是在一神论的理论影响下只推崇一个神的话，三者之间会形成阶层构造，如果不是这种情况的话，三者之间应该会呈现一种环状的关系。因此，在日本原本三者之间就呈现出了环状关系，而在欧美国家随着一神论影响的减弱，三者之间的环状构造也逐渐变得显著起来。

各种各样的游戏

游戏也有很多种类型。按照我们前面所分析的，有的游戏非常接近于工作，而有的游戏则非常接近于宗教礼仪；有的游戏需要身体的力量，有的则完全不需要；有的游戏是一个人进行的，有的则需要团体配合；有的游戏中的胜负概念非常明显，有的则与胜负毫无关系。总之，我们可以将游戏分成无数种类型。与此同时，我们都知道，凯洛依斯将游戏的原理分为竞争、机会、假装、眩晕四种类型。通过将这四种原理自由组合，可以产生各种各样的游戏。

在青年的游戏中有一点值得我们关注，就是所有的游戏行为不一定都是从“高兴”开始的。像体育运动这样的游戏，参加者为了变强大，一定要经历苦难，但这也算是遵循本人意愿的行为。然而还有一些游戏，本人觉得一定要戒掉，可是怎么也戒不掉。举个例子，有个青年对我说：“我觉得柏青哥[1]一点意思都没有，应该早早结束游戏回家，可是我边这么想边还在继续玩。换句话说，我好像是为了柏青哥带来的痛苦在玩着。”这位青年好像花费了大量时间与金钱，就为了给自己找罪受，究竟为什么会出现这种情况呢？

在很多情况下，这种通过游戏找罪受的人，往往都是想从自己应该做的事情中逃脱出来。上面我们讲到的那位青年，他觉得“回了家也没什么有意思的事可做”，并哀叹因为家里没意思所以不得不玩柏青哥。但是，当我继续听他的吐槽时，就发现他从哀叹回家没事做渐渐转到了抱怨对自己母亲的不满。青年通过与母亲的对决逐渐改变了家中的状况，对柏青哥的依赖也逐渐减轻了。可是，当他从母亲身边独

[1] 国内俗称“爬金库”，是在日本非常流行的一种合法赌博方式。柏青哥于1930年始创于日本名古屋，发源自欧洲的撞球机。

立出来自己生活时，又因为工作的困难重新萌生了想要逃避的念头。

这个青年对我说：“老师，我觉得那些真正能从柏青哥中找到乐趣的人才是真正了不起的。”我觉得这应该算是一句名言了。不管怎么说，真正能去享受的事情，也算是有意义的了。这位青年还说：“我放眼望过去，为柏青哥苦恼的人不在少数。”我觉得也许还真是这样。从固有的道德观念看去，也许柏青哥是“恶”事，但是我却对青年说道：“你要真是享受这件事，就去尝试吧。”我觉得，如果这件事对从事者没有意义的话，那么这件事所带来的乐趣也不会长久持续下去。

还有一种被称为破灭型的青年人的游戏，已经超越了为柏青哥苦恼的范畴。这种游戏方式与宗教的关联性，我将在下一章节里论述。

在我们研究游戏时，还有一个不能忽视的概念，就是机械类的“游戏”。当车轴与轴承的直径完全一致时，就会因为套得过于死而无法转动。这个时候，将车轴与轴承之间的直径稍微做出一些差异，在日语中也称为“asobi”[1]。这个“游戏”过大时，轴在转动时就会碰到轴承，从而也就导致转动不畅。因此，适度的“游戏”是流畅的运动的保障。

为了让我们的人生顺利流畅地度过，也需要这样的“游戏”存在。这样的“游戏”在生活中具体表现为与人交谈时所讲的“笑

[1] 在日语中，游戏和齿缝同为asobi，这里有一语双关的意思。

话”。笑话往往与交谈的内容无关，说它没有，也真可以算得上是没用了。但是，这样的“游戏”可以促使交谈更加流畅地进行下去。虽然很多人认为在讲笑话这件事上，日本人与欧美人相比要差得远。但是，现在的青年们其实已经掌握了相当好的讲笑话的技巧了。随着目前国际交流越来越频繁，青年们还要更加磨炼自己讲笑话的技巧才行。

作为“游戏”的笑话可能很好理解，但有的时候笑话也会作为阐述“平时无法严肃地去加以描述的真实”的方式出现，有的时候从笑话中也会诞生一些突发奇想般的新主意。在这样的时候，笑话就超越了单纯的“游戏”范畴，成为通向“不同次元的真实”的通路。总之，游戏这个东西里包含了从价值极低到价值极高的东西，而且还包含了贯穿从低价值到高价值的悖论。因此，我不建议用单一逻辑的理论去研究游戏这个问题。

在凯洛依斯的理论里，游戏被认为是距离神圣世界相关的礼仪最远的东西。但是，如同我之前介绍的环状关系中显示的一样，这两者之间的神秘的联系才是最令人感兴趣的东西。想要将一切事物都加以合理且高效的分析，并且用与世隔绝的态度去做研究的青年研究者们，现在开始出现了强迫症现象。他们每次出门前，都必须要检查电灯和天然气是不是关好了，否则就出不了门。他们一边觉得自己不会干这么傻的事情，一边却把电灯开了又关、关了又开，以确认确实关好了它们。他们一边觉得没有比这个更加不合理更加效率低的事情，一边却又无法让自己停下来。因为一旦停下来，他们就会感受到强烈的不安。

这种强迫症行为和礼仪是何其的相似啊。这样的行为本身可能并没有什么意义，但是人们会遵照既定方式强迫自己去执行它们。与此同时，这些行为可以说是与工作毫无关系且浪费时间的，但是不去做工作却又进行不下去。这点与“游戏”又是有着共同之处的。从结果上看，这些青年的高效合理的生活方式只是一个侧面，他们如果不进行这种既可以称作是礼仪又可以称作是游戏的活动的话，就无法保护自己的自我意识。这样的症状，已经变成了他们生活中的必需品。虽然他们自身否认宗教的意义，但是他们的症状却又表现出了潜在的宗教性。从这点出发去发散性地思考游戏这一课题的话，就会觉得问题变得越来越有意思。

2. 游戏与宗教性

就像我们之前论述的，游戏出人意料地具有宗教性的特点。作为例子，让我们一起来看看《古事记》上卷中关于天若日子[1]死去时的描写。书中写道，天若日子去世时，他的父亲与妻子等亲人聚集一堂，为他建造了一间灵堂，“连续八日八夜不停地做着游戏”。书中在这里也许描写的是连续八天八夜不分昼夜的歌舞。可以看得出来，这明显是一种宗教性的仪式，或者是为了吊唁死者的亡灵，或者是为了驱除死亡带来的污垢。说不定在当时，“游戏”这个词本身就是带有宗教色彩的。

到了近代，游戏从神圣的领域堕落到世俗的范畴中。但是，随着神圣这一概念在人们心中逐渐淡化，游戏却在人们的无意识中渐渐具备了宗教的色彩。由于人们并没有意识到这点，因此，这样的宗教色彩往往是以扭曲的形式呈现出来的。我虽然想尽可能地把讨论的内容限定在青年期这一课题之内，但是游戏的宗教性倾向也代表了现代社

[1] 日本神话中的神，《古事记》中，天若日子因背叛而被射死。

会的倾向，因此在这里也不得不做一下简单的介绍。

青年期的宗教性

究竟“宗教性”指的是什么呢？我在这里想要讨论的，并不是某一教派的具体事例，而是想去深究一下人类从根源上所具备的那种对超越自我存在的事物的深深的敬畏之情。每个人都知道死亡是无法逃避的，但是，如果将“自己的死亡”在自己的人生观与世界观中进行定位，却不是一件容易的事情。我们可以从理性的角度理解死亡这个东西，但是却无法在活着的时候体验死亡。但是我们又无法忽视死亡，因此，究竟应该怎样将死亡这一概念融入到自己的世界观之中，成为人类一大难题。为了解决这一课题，从古至今诞生了很多宗教，而每个宗教，都针对这一课题制定了许许多多的教义、礼仪以及清规戒律。

当社会步入近代，随着自然科学知识的发展与普及，很多人开始怀疑宗教所主张的理论，既有宗教的教义变得越来越难以让人信服。现代人已经越来越无法去相信天堂与地狱是实际存在的。与此同时，近代科学技术的发展，也在告诉人类“应该如何去活着”这点上做出了意想不到的巨大贡献。如果科学就按照这样的方式发展下去的话，人类会产生一种快捷与便利的生活可以无限期地延续下去的错觉。

青年期是人生成长的旺盛期。当人们在青年期把目光集中到“如何活着”的时候，死亡就会被抛之于脑后。对于这样的青年来讲，宗教是完全没什么意义的，有时候甚至会成为他们蔑视的对象。这些青年们逐渐获得新的知识与技术，逐渐通过锻炼使自己的身体强壮，并逐渐体验到世间的种种乐趣。这样的处事方式无可厚非，但是被他们抛置于脑后的死亡并不会因此而消失，只要一有机会，它还会露出峥嵘。

人生中有一些人力所无法改变的事情，死亡就是这其中最具代表性的一件。当我们了解到有自己无论如何也无法改变的事情存在时，就会开始意识到有超越自我的事物存在。让我们以游戏之一的体育运动为例来看一看。在体育运动中，虽说强者获胜是一个体育运动的基本原则，但是谁也无法否认，决定胜负的过程中存在着很大的偶然因素。当人们在体育运动中感受到了一种“超越自我存在的决定胜负之力”时，就会对这种力量产生敬畏之情，从而产生一种宗教性心理。

平时完全没有考虑过死亡这一话题的青年们有时会突然面对死亡。在某所大学的心理咨询室里突然闯进一名脸色煞白的青年，心中的焦虑令他坐立不安。问他怎么了，他说自己尊敬的一位前辈学者突然过世了。在葬礼上，他比自己想象的还要悲伤。走在大学校园里，他发现研究室、大学的景色并没有因前辈的死而改变，因此突然产生了“死为何物”“自己死的时候会怎么样”等焦虑。心理咨询师知道这位青年正在面对一个现代青年很少遇到的触及人类根源的问题。因此十分慎重地应对起来，并因为青年心中的焦虑实在太过严重，所以没有将下一次见面像往常一样约定在一周之后，而是叫青年三天后再来进行心理咨询。

在学生回去后，心理咨询师陷入了深深的思考。死亡对于本人来讲是件大事，但是周围的事物却并不会因为死者的去世而有丝毫改变。这对于心理咨询师本人来讲也是一个过于深刻的问题。但是，来咨询的学生本人对于这个问题的态度是那么的认真，咨询师自己也不得不追随学生的想法。三天后，咨询师一直等着学生的再次到来，然而学生却没有出现，连联系也没有联系。

心理咨询师陷入了深深的不安，虽然觉得学生不太可能自杀，但是因为焦虑而离家出走的可能性还是有的。然而一周之后，心理咨询师却看见那个学生正在和朋友们一起高兴地打球。学生看到咨询师，马上跑过来说道："前段时间给您添麻烦啦。老师您能认真地听我说话，让我重新感受到了活力。"老师发现，这位学生好像早已忘记了三天后的约定这件事情。

死亡虽然可以一时占据青年的心灵，但是他们对"活着"的兴趣与来自身边快乐生活着的同伴们的活力马上会重新占据上风，这样也算是个不错的结局。而真正需要他们去认真思考死亡的时刻，应该会在今后的人生中到来吧。

游戏中孕育的各种"融合体验"也可以说是具有宗教性色彩的。

无论是体育运动还是音乐演奏，又或是话剧表演，总会带给人一种人与人之间的奇妙的融合感。在话剧表演过程中，演员与观众之间如果产生了“融合感”，那么演员就会发挥出连自己也会感到不可思议的高超演技。又或者在团体运动中，运动员们不用通过手势与打信号也可以做到心意相通，就如同被第三者操纵着一样。

如果我们将这种感觉中的“第三者”，作为绝对的第三方而命名为“神”的话，就会产生某种宗教信仰。但是，当这种感觉发生在体育运动等游戏中时，就与既有宗教毫无关系，而是折射出了我们刚才提到过的人类的宗教性。有时候我们会提到“如有神助”等词，也正反映出了这个问题。当“游戏”与这样的体验建立起联系之后，其魅力就会变大让人欲罢不能。

游戏与死亡

如果想要感受深层次的“融合体验”，我们就必须去接受游戏的训练。无论是体育还是艺术，只有经过相当程度的训练，才能从中感受到这种体验。当然，也有不必经历训练之苦就可以感受到深层次融合体验的方法。这种方法也存在于“游戏”之中，具体来说就是集团性的吸入涂料稀释剂。以集团为单位进行涂料稀释剂的吸入的话，有时集团的所有成员会产生相同的幻觉。这听上去虽然会让人觉得不可思议，却是一个偶尔会发生的现象。曾有一个不良少年集团，在一起吸入涂料稀释剂之后，全体成员都看到了观音菩萨的幻象，得到了心灵净化的体验。这种情况可以说更直白地映射出了人类所具有的宗教性。然而，如果持续进行这种“游戏”的话，极有可能造成大脑的损伤。所以说，这个世界上是没有免费的午餐的。

然而，为什么会有“即使冒着风险，也要感受融合体验”的人存在呢？我们每个人都是彼此独立、互不相同的存在。在出生与死亡的时候都是孑然一身的。而能够弥补人类骨子里所带来的孤独感的，正是与他人之间的融合感。这两者之间应该有一种很好的平衡。当人们过分倚重与他人之间的融合感时，就会失去作为个体的存在感，而无法忍受作为个体的孤独与寂寞。可以说我们任何一个人，世界上任何一种文化，都在通过自己固有的方式方法来保持着这种平衡。

当青年无法忍受孤独时，或者说，当孤独感强大到超过青年的承受能力之时，青年对融合感的渴求就会急剧加强，并会为体验到这种融合感而不择手段。在这种行为后面，经常隐藏着死亡的阴影。如果将死亡看作是人类回归自然的方式的话，那么也可以说，死亡是融合体验最有代表性的展现方式。

有一种破灭型的游戏方式。比如在打麻将时，将每把赌注加大，明明知道连赌连输的话就会背上沉重的负债，可就是停不下来。有很多体育运动都有稍不留神就让人丧命的危险，人们都在绞尽脑汁思考如何去避免这种危险。然而，有的青年却完全无视这些危险，他们的行为甚至会让人觉得像是在故意寻死。的确，看到这些人的行为，的确会让人觉得他们确实想通过自杀的方式来寻求心理上的寄托。

游戏之所以被死亡所驱使，一个重要的原因是因为到了近代，我们丧失了成人仪式这个生命中的过程。关于这点，我们在前文中已经做了充分的论述，这里再简单提一下。在近代社会以前，小孩子在成为大人之时，需要参加成人仪式。而这种属于整个社会的宗教仪式，可以帮助孩子顺利过渡成为大人。然而近代社会以来，随着人类对社会“进步”这一概念越来越重视，成人仪式就丧失了其本来的意义。这也是没有办法的事情。

虽然在社会整体机能中，丧失了让小孩子集团性地长大成人的方法，但是作为每个人自身的体验，成人仪式逐渐出现在每个人心中，成为人们成长过程中所必要的东西，这是我们研究深层心理学的人的见解。小孩子变为大人的过程，是一个实实在在的革命行为。如同我前面所讲的，是具有浓厚的宗教色彩的。然而随着社会步入近代，神圣的东西逐渐变得世俗化，原本举行成人仪式的神圣场所基本上都消失了。这样剩下的唯一的路，就是游戏了。游戏的场所，开始成为我们举行人生中最重要的成人仪式的场所。

成人仪式中的核心部分是具有象征性“死亡与重生”的体验。

小孩子通过死亡与重生变为大人。青年们在某种意义上必须要体验死亡，并感受到死亡的吸引力。这就是为什么一些具有生命危险的游戏能够那么吸引青年们的原因。或者说，凯洛依斯所指出的游戏构成要素之一的“晕眩”，其实就是一种濒死体验，具有“晕眩”要素的游戏才会有魅力。

当然，死亡与重生只是一种象征性的体验，如果一步迈错，就会出现真的走向死亡的令人遗憾的结果。但是，偶尔也会在摩托车飙车和涂料稀释剂吸入等青年人的游戏中出现死亡事故。这可以理解为成人仪式没有以适当的形式被举行，进而呈现出了扭曲的形态。又或者演员和作家等青年们心中的“英雄”，因为破灭型的生活方式而结束了自己的生命。他们在某种意义上应该可以看作是年轻人体验死亡的代表选手吧。

因游戏而死可以说是非常之愚蠢的，然而也正因为游戏与死亡挂钩，才使得它变得极具魅力。职业体育观众在赛场上为选手加油助威时，会竭尽全力地用激烈的语言去攻击对方观众，在与体育选手产生一种融合感的同时，尽情享受着一种类似于“杀与被杀”的感觉。又或者，在体育运动或与胜负有关的游戏中，人们会频繁地使用战争用语，在决定胜负的过程中，频繁地使用“杀戮”“死亡”等词汇。可以说，即使程度较轻，人们也要把游戏与死亡加以联系，这才是为游戏注入热情的方法。

3. 游戏与教育

也许有人会问，游戏与教育究竟有什么关系呢？我们在研究游戏时，需要将这个问题作为一个课题去专门加以研究，因为这正反映出了日本现代教育所处的困境。也许，与其说是教育的问题，不如说是日本现代社会的问题来得更加贴切。只是这个问题在教育领域里展现出来了而已。因此，在研究这个问题时，与其研究应该如何开展教育，不如去研究全体日本人的生活方式。

日本被誉为一个非常热衷于教育的国家。的确，日本的大学升学率在世界范围内都能名列前茅。如果比较各个国家儿童的学习能力的话，日本也会排在比较靠前的位置。然而，从小学到大学，我们虽然可以学到很多东西，但是，在自己的生活中，如何将学到的知识学以致用，才是我们应该认真思考的。先不管那些上“专门学校”[1]的人，我们恐怕已经意识到了，在普通学校里是学不到什么与社会生存能力相关的知识的。

[1] 日本的“专门学校”相当于中国的高等职业学院，主要学习实用性的技术和知识。

我们应该学习些什么

人生在世，需要学习各种各样的知识与技术。我们从出生开始，就在不断地学习与积累，逐渐变得可以“独当一面”，进而走向社会。然而，这个过程在现代社会里往往无法很好地完成。我曾经接受了一位一流企业的课长关于公司新职员问题的咨询。他部署的新职员是一位一流大学毕业的优秀且认真的青年，被寄予了很高的期待。可是，这位新职员表现出来的却是令人惊讶的无能，比如被高中毕业的女职员嘲弄，按照上司的命令工作却经常出差错等。那位课长甚至怀疑这位新职员究竟是不是名牌大学毕业的。我亲自见了一下那位新职员，在与他进行了交流后终于明白了是怎么一回事。他具备相当的“经济学”知识，可是这些知识在刚进入公司后却毫无用武之地。进入公司后首先应该去处理的是人际关系这个问题，可是他却完全摸不到边际。

在新的职场中遇到不会的事情，他不知道应该问谁、不知道应该如何去问。说得极端点，他连如何打招呼都不知道。因为他不知道和别人应该保持什么样的距离，所以在公司里显得格格不入，也无法和别人闲谈。上述这些在公司的基本生存技能，却没有人作为“学校教育”的内容教授给他。他所具有的丰富的知识，与实际生活毫不相干。

在这里所提到的必要知识，是应该通过家庭教育或是通过孩子们的人际关系——也就是孩子们的游戏去学习的。特别是当不同年龄的孩子在一起玩时，上传下达的情况在集团内部就多有发生。但是，在现代社会中，人们在教育领域无论如何都更加注重与入学考试直接相关的知识。造成这个问题的原因，与其说是教育制度或考试制度，不如说是日本人偏执于“序列”观念所造成的。在日本，无论是大学还是企业，日本人都爱为他们排序，并希望自己的孩子能够进入序列较高的地方，这样才会感到幸福。这种倾向可以说越来越严重。关于这个问题，有很多学者在讨论，我在这里就不过多发表意见了。总之在日本，“教育”的重点被放在了吸收知识上，学生的大部分时间都花在了考取好大学这件事情上，而培养人“独当一面”的生存能力的教育机能，则被社会远远地抛在了脑后。

让这种倾向愈演愈烈的原因，是成年人自信的丧失。现在成年人的自信在第二次世界大战结束时就开始逐渐丧失了。之后，“民主主义”在日本虽然成了一面华丽的旗帜，但是因为日本的民主主义并没有承认权威的意义，同时社会变化又过于迅速，造成了成年人无法充满自信地教育孩子。这种现象在父母与子女之间表现得尤为严重。这就造成了拥有丰富的“学问”类知识，但毫无社会生存技能的人逐渐从大学毕业并走上社会，被迫勉强扮演起了“独当一面”的角色。

我把前面所讲的新职员的事情与一些大学在校学生进行讨论，大学生们的意见是“这个人在大学里一定没加入什么社团吧”“我在社团里实际学到了一些社会的生存技能”。有一位女大学生，在家中只是专注于学业，并顺利考入了一所一流大学。虽然她的父母都为她高兴，但她自己却对这样下去是否真的能够顺利走向社会这件事表示怀疑。然而，当她加入了学生社团后，逐渐通过露宿等活动学会了做饭等对生活有实际作用的技能。听到她的这些话，我觉得学生社团应该是具有可以弥补日本教育片面性的重要意义的。与此同时，我也感到有必要去深入研究一下学生社团的存在方式。

作为教育机关存在的学生社团

不管在哪所大学里，都会有很多学生社团存在。也有一类社团叫做同好会，这里，我就姑且把他们统一当作学生社团来分析。前面我提到过，学生社团在日本起到了弥补教育体制的片面性和家庭教育缺失的重要作用。现在的孩子们基本都和同龄人一起玩耍，很少有不同年龄层的孩子在一起游戏的现象了。然而，大学社团是由一年级到四年级的不同年级的学生构成的，因此，低年级的学生可以从高年级的前辈那里学到很多东西。

这里有一个非常大的问题，就是日本的大学社团基本上都是日本性质的集团，并且很多情况下这种程度会表现得非常强烈。这里我所说的日本性质，想表达的是母性原则占优势的这个现象。集团最重要的是成员团结在一起，集团成员的个性有时会被整体所忽视和磨灭。与此同时，母性集团的一个重要特征是“长幼有序”，也就是说先加入集团的人对后来者有着绝对的优势。就这样，集团内部不承认所谓能力的差别，单单按照参加社团的先后顺序来排序。因此，“前辈”在“后辈”面前有着绝对的优势。这个优势只取决于加入社团的先后，即使后辈的年龄较大、能力较强也无法改变这种状况。

这种倾向可以说在体育类社团和文化类社团中都是共通的，但是如果比较起来的话，前者的倾向更为强烈。的确，在社团里可以学到很多本应该在家庭中学到的有关人际关系和日常生活的知识，但是因为社团中的“前辈”拥有绝对的权力，所以有时对于社团成员来说，会有被强迫灌输前辈的扭曲的人生观和价值观的风险。有很多学生因为自身拥有的极端古老的价值观而苦恼，进而找到了心理咨询师。当咨询师问他们是从哪儿学到这些价值观的时候，很多人回答是在社团里。现代的孩子们都想早日独立，对父母的说教不是反抗就是漠视。但是，他们在不知不觉中，却在学生社团里找到了一种类似于家长的人，陷入了一种奇妙的类似于亲子关系的状态中。

母性集团的另一大特征是强调全体的一致性，而容易忽略成员个体的生活和个人意志。当然，我们不能简单地说父性原理和母性原理哪个对、哪个错，在这两者的平衡中考虑如何摆正自己的位置才是我们应该思考的课题。但是，如果一个集团太过偏重于母性原理的话，个人的存在就难逃被忽视的命运了。

让人苦恼的是，如果集团的所有成员都具有同一倾向，那么有这个倾向的成员就会从伦理角度被看作是“正确”且“出色”的，而违背此倾向的人则会被当作坏人。这个时候，如果集团中的另类分子十分活跃的话，那么就有可能引发集团中对一边倒的价值观的反省，从而进一步引发集团的变革。如果另类分子的力量较弱的话，那么具有不同价值观的人往往会成为集团一体化的牺牲品。

如果将上述问题都考虑在内，并试图将社团营造成一个可以存在斗争的“教育”场所的话，那么允许在社团内存在一定的利益纷争将是一件很有意思的事情。在话剧或音乐的社团里，如果在公演前一天突然来一个“公演终止”，那么社团成员一定会大吵大闹起来，并为了第二天能够顺利公演而在最后达成一致，这种体验想必很多人都有。这就如同在社团中营造了一次死亡与重生的体验一样。

既尊重每个社团成员的个性，又要营造出一种可以理解集团一体化的优秀社团，这是件极为困难的事情。但是，作为现代的青年，也该到了改变传统母性集团的伦理的时候了。最近，在体育界，也出现了“悠闲式棒球训练”[1]这种宣传标语，这可以说是一个打破到目前为止的在棒球运动中单纯强调一体化局面的一个新的希望。与此同时，年轻人的兴趣开始从棒球转向足球，也正反映出了这种倾向。从体育运动的特点上来分析，棒球在很多时候都要在细节上严格按照教练的指示去做，而足球则更多地倚重于选手个人的瞬间判断能力。因此，在足球运动中更容易突出表现选手的个性。我觉得，最近在日本出现的足球热潮，可能成为一个改变母性原理占优势的日本体育界的动力。当然关于这点，还需要我们耐心地观察一段时间才好下最终结论。

游戏的指导者

有很多年龄很大的人常常以游戏指导者的身份出现。但是在大学体育社团从事教练工作的人，既有年轻人，又有年长者。或者，在初高中或者某某少年体育俱乐部里，也有青年从事教练的例子。考虑到这些现象，我想在这里简单谈谈游戏指导者的问题。即使不成为教练，就像我之前所讲的那样，社团里前辈经常会指导后辈，在游戏中，青年常常会扮演起指导别人的角色。

[1] 强调加强选手与教练的一对一接触，按照选手的喜好与特性制订因人而异的训练方式。

记得是很久以前的事情了，我的一位美国朋友来日本的初中观看中学生棒球队的训练。他感慨道：“我们小的时候是因为好玩才开展棒球运动，可是在日本貌似是为了吃苦才打棒球。”他又补充道，“为了吃苦在练习，可是实际上实力却不怎么强。”这个例子并不是说明外国人就没有艰苦的体育训练。任何体育运动，只要想认真去参与，都需要艰苦的训练。然而，日本人吃苦的方式方法，与其他国家相比，有着本质的区别。

这个现象其实是源于日本文化中的修行观念。我们之前已经提到了游戏与宗教的关联性，在日本，很多游戏都被赋予了“道”的观念，因而具有很强的宗教色彩。简单来说，在欧美国家，无论是体育运动还是音乐艺术，人们参与这些活动的目的都是为了培养一个“拥有这些技能的强大的自我”。因此人们考虑的是，通过什么样的锻炼更有助于培养坚强的自我，并把这种可以培养自我的可能性尽可能地扩大。与此相反，在日本的“道”的理念里，则鼓励参与者放弃自我，并尊崇一种在脱离自我意识的情况下获得新的感知的境界。后者可以说更近乎于一种宗教性的修行，而单纯地从体育锻炼的角度来看的话，西方的理念和方法则更具效果。进行了艰苦的修行般的训练，本应该具有强大的精神力量的日本选手，在奥运会赛场上却完全无法展现自己的实力，从这点就可以看出两种训练方式的效果差异。日本人的精神力量，在承受痛苦时可以发挥效果，但在充分释放自己实力的方面，却完全起不到什么作用。

在这里，我并没有批判日本修行的意思。虽然宗教也是多种多样的，但当把这种修行作为一种宗教行为，抱有明确的目的去做的话，还是很有效果的。但是问题在于，日本的指导者们，在完全没有确切的经验与知识的情况下，将修行的方法不加任何批判地融入到体育训练之中。在体育运动中，正像那位美国朋友所说的，不必经历修行般的痛苦，只要去充分扩大个人所具备的可能性，就可以使训练更加快乐、更加有效果。虽说轻易得到的快乐无法长久，先苦后甜才是深刻体会快乐的方法，但是为了快乐而去吃苦，与为了吃苦而去吃苦是有本质性的区别的。前者的效果怎么看都比后者要好。

这个道理是显而易见的，然而日本的指导者们却无法改变现状，这其实是有原因的。这个原因就是，目前的指导方式对于指导者来说，是维护自己地位的好方法。如果通过西方的方式去训练，那么作为指导者，就必须要竭尽全力去激发弟子的潜能，而训练没有起到效果的话，指导者则要负起相关责任。而在日本，只要不断对弟子说“加油”“不能这么懈怠”这些话就可以了。胜利了就归结于艰苦的训练，失败时只要说上一句“都是因为你还不够努力”就可以万事大吉。也就是说，在日本指导者永远是高高在上，且位子永远是安稳的。

正因为有这样安稳的地位，日本指导者们的工作是非常轻松的。在日本，即使训练失败了，因为运动员们毕竟经历了如此艰苦的训练，所以对外辩解起来也非常容易。然而，最近日本社会开始对这一现象进行了反省，如同我们前面所说的，开始出现了“休闲式棒球训练”等现象。在这种倾向的影响下，与之前完全相反，教练可以任选手自由发展，胜利也好、失败也罢，只要选手高兴就好。其实这种做法也是不可取的，表面上看起来和之前是完全相反的，但是实质上并没有发生什么改变。

如果真的想提高选手的实力，并让选手享受到快乐的话，单纯的放任自由是不行的。作为指导者，需要让选手做必要的训练，作为选手，也要积极找出适合自己的训练方法。只有将这两者充分结合起来，才有可能创造出新的天地。在这样的人际关系中，作为指导者可以充分享受指导的乐趣，作为被指导者也可以获得训练的积极性。这样理想的关系，目前在日本开始逐渐被体育界所认可。

4. 游戏的成就

虽说游戏因为是一种玩乐，所以想怎么玩都是可以的，但是我们不能否认，因为游戏的方法不同，游戏者所获得的满足感与成就感也是不同的。比如外出旅行，有时候带给我们的仅仅是玩的不值得，或者身心疲惫的感觉。因此，即使是游戏，我们也有必要去思考和研究游戏的方法。

游戏的职业化

如果我们过分纠结于如何游戏，那么这时候，就会非常奇妙地让游戏接近“工作”。当我们去游山玩水时，如果过分思考如何有效率地玩，那么就会让自己的日程排得过满。这样的话，所有同伴就会感到烦躁，并觉得好像是为了劳累才来旅行一样。又或者，如果完全按照旅行社的安排来旅行的话，就会有一种自己只是在配合旅行社的“工作”而已的感觉。在这个世界上，游戏一不小心，就可能变成非常奇怪的东西。

游戏的职业化，是我们在现代社会里不得不去面对的一个课题，因为目前有很多职业正是从游戏中衍生出来的。艺术、演艺、体育等，我们可以随性参与的同时，也出现了很多以此为职业的人。与此同时，这些人还在不断增多。这些职业所带来的收入也成了天文数字。普通的青年无论如何努力也挣不到的钱，这些专业游戏玩家就可以赚得到。有的青年游戏玩家甚至可以只用一年的时间就赚到一般人一辈子也赚不到的钱。

不仅是报酬问题，这些人的工作因为经常被电视、报纸、杂志等宣传报道而变得家喻户晓，进而成为了时代的英雄。在过去，英雄很多时候是和战争相关的，而在当今社会，以游戏为职业的人则成了英雄。这应该是一件值得高兴的事情吧，因为它象征着和平。成为英雄或女英雄的人，或者说被塑造成英雄或女英雄的人，正在担负起青年们的梦想。他们做的事情已经不能称之为游戏，而是成了艰巨的工作。我之前曾经谈到过，现代人中很多人失去了接近神圣领域的道路，因此游戏的世界里在人们不知不觉中开始呈现出了宗教色彩。正因为如此，人们对体育运动的英雄们开始抱有近乎于宗教性的狂热崇拜，开始把艺术家中的英雄当作神一样去膜拜。

如果将英雄或者女英雄与膜拜热潮中的人们心中的形象相融合的话，那么英雄与崇拜者们都将会感受到一种无与伦比的体验。极端来说，这些英雄们将会以神的形象出现在人们心中。然而，人类说到底也是人类，很多情况下，英雄之路会以悲剧的形式收场。很多英雄因为在人们面前露出了人类的本性而被潮流所抛弃，又或者因为承受不了英雄所应承担的重担而崩溃。由于这些原因，有时难免会出现英雄自杀的悲剧。让我们回想一下《甘露》中真由的事例就可以明白这个问题。从事这些“职业”的人，既要按照周围人期待的印象去生活，又要时刻意识到自己作为一个普通人所具有的局限性，可真是不容易啊。

有些人从很小的时候致力于成为担负起青年梦想的英雄或女英雄，并为之而努力。这些人如果获得成功的话，就会过上奢华的生活。然而，和普通上班族从事的工作相比，“职业游戏玩家”的工作成为英雄后一旦遭遇失败，则所受的挫折感将是非常大的。与此同时，这类工作的另一大特征就是，一旦英雄之路受挫，寻找新的出路也是非常困难的。

我到目前为止，接待了很多有着这样挫败体验的人来咨询。让我们以体育运动为例来看，在体育运动中，要想出人头地就需要相当程度的苦练，而这些选手可以说除了体育运动就一无所长。然而，一旦才能被周围的人所认可，在当地成为所谓的地方英雄之后，他们的梦想就会进一步膨胀。最后，其中有的人作为职业选手，却因为自己能力的界限而未能取得成功。这时候，这些失败的人如果想再转业去做别的工作的话，因为自己除了体育运动之外一无所长，所面临的困难将是一般人的好几倍。这时候，选手们就会出现自暴自弃的行为，患上抑郁症，甚至走向自杀之路。

在体育运动中，前辈与后辈的关系非常之坚固。因为在体育界，所有人都面临着因年龄关系而退役的结局，为了尽可能地避免这种悲剧性结局，体育界人士结成了非常紧密的组织，并对退役运动员进行事后关怀（正是因为如此，在日本体育界出现了非常极端的日本式集团，造成很多人被集团内部的人际关系压得喘不过气来）。

在艺术与演艺领域的人际关系，则没有体育界那么紧密，与体育界相比，企业界的联系也比较稀松，因此这样因挫败而产生的悲剧更加严重。在青年期崭露头角的那些青年，往往对自己的未来抱有很大的期待，但是，考虑到才能所带来荣誉的光芒之时，也要注意到光芒背后的阴影，并在此基础上认真决定自己的前途。将游戏单纯作为游戏，用一生去享受它的话，可能比将它作为职业更能触及游戏的本质吧。

自我表现的舞台

凯洛依斯也曾经说过，游戏是一个自由度极高的活动。但是当游戏成为“职业”时，可能已经不能如此一概而论了。在我们自己随性而游戏时，可谓相当的自由，但是当我们作为一个自然人，特别是作为现代社会中的成员时，每一个行为都在受到各种各样的限制。在我们上下班的时候，虽说是服装自由，但是实际上我们也不得不承认，还是有很多条条框框存在的。在我们日常说话中，也不是想说什么就可以说什么的。因为我们已经习惯于这些事情，因此平时可能并没有特别在意，但是一旦对此产生厌倦，则这种厌倦之情止都止不住。这个时候，我们就会有被看不见的绳索束缚住的感觉，而此时能带给我们解放与放松感觉的就是游戏。

游戏有的时候对人类来说有着更深层次的意义。这点到了我们心理治疗师手中，就转变成了偶尔会对小孩子实施的游戏疗法。所谓的游戏疗法，并不是要做什么特别的事情，只是治疗者决定时间和场地，在尽可能尊重作为治疗对象的孩子的自主性的情况下，让孩子自由地玩耍。这样的话，小孩子会在游戏中尽情释放自己的攻击性、愤怒与悲伤等各种感情，从而让自己的心理疾病不治而愈。在本书中，我们并没有太多篇幅去论述小孩子的问题，因此这个话题就姑且一带而过。但是我想说的是，小孩子通过游戏可以加深自我表现能力，从而运用自身的力量使心理疾病不治而愈，这是一个令我印象极为深刻的事实。

深度的自我表现可以起到治疗心理疾病的作用，这点在成年人的身上同样适用。这个道理的一个极端洗练的表达方式就是艺术作品。艺术可以让很多人的心理疾病得到治愈。在体育运动中，很好的自我表现方式同样可以起到治愈心理疾病的作用。有时候，像柏青哥一样的东西，也会在某些人的身上起到相同的治愈效果。

这样的自我表现方式，有时候不必自己亲身去做，光是看他人去做也可以达到心理疾病的治愈效果。来我这里咨询的一些人，就讲述了通过观看某些知名体育运动员的比赛而治愈了自己心理疾病的例子。近乎于完美的人类的表现，当然，这里很难用言语去具体描述，可以带给人们很多启迪，并治愈人们的心理疾病。听到这些话，我觉得比起我们这些心理治疗师，那些有名的体育运动员实际上治疗好了更多的心理疾病患者也说不定呢。

不仅仅是有名的体育运动员的出色表演，他们的挫败体验与对应失败的方式也同样可以治愈一些人。不管是怎样伟大的选手，都会遭遇意想不到的失败，这种失败或许只能算是命运所开的一个玩笑。在这样的时候，这些选手正面接受失败，因失败而淡然退出赛场的身影，可以传递给心灵受伤的人很多信息，起到心理治疗的效果。即使是失败，这些选手也在失败中获得了属于自己的独一无二的成就感，而这种成就感，也传递给了观众。在人类一生中，会以各种各样的形式来衡量工作的成就。胜者王侯败者寇的评价方式，可能只是层次最低的一种吧。

艺术与体育等浓缩了游戏精华的表现方式，我们已经讨论过了。其实，就发生在我们身边的游戏而言，比如放松的散步、旅行、与朋友喝酒聊天等，都具有相当的治疗心理疾病的效力。因为游戏具有的高度自由度，可以让人们在日常生活中体验到非日常生活的世界。平时经常散步的小道的墙根突然冒出一朵小花，我们都会有忍不住停下来观赏的感觉。我们会感受到，平日被日常生活所埋没的小花，仿佛是为了炫耀自己的生命力才绽放于我们面前的。

将日常生活的琐事里蕴含的非日常性加以提取和总结并表现出来，就变成了自我表现。其实并不需要去刻意表达自己的感情或思想，通过意识层次的变化，就可以在某种程度上促进自己与他人的融合。日本人最擅长将这种游戏的精神通过艺术的形式表达出来。俳句等可谓是这个领域的杰作。话虽如说，但是也没有必要勉强去写什么俳句。我们所讲的俳句的精神，其实就隐藏在看似无聊的游戏之后，我们需要做的，是认可它所具备的心理治愈的能力。

我们总是说游戏是自由的，可是游戏也有自己的规则，这又是为什么呢？所有的体育运动都有自己的规则。艺术说自由可谓是相当的自由，但联句[1]等文学创作形式却都有着相当严格的规则。这是由于“人类无法承受无限制的自由，没有规则的‘自由’无法带给人切实的感受”这个悖论造成的。游戏本身的性格与自由的悖论如果能很好地相互作用，就会产生规则，这也正是游戏有意思的地方。近乎于无

[1] 联句是古代作诗的一种方式，是指一首诗由两人或多人共同创作，每人一句或数句，联结成一篇。

限制自由的松散的游戏，是没什么心理治愈效果的。

游戏精神

游戏有时会被我们单纯地当作游戏去对待，有时候又会像我们之前提到的，带有一定的工作的色彩，有时候游戏也会被当成通向神圣空间的通路。过去有一个词叫作游击队，游击队往往在战争处于胶着状态时出现，实现有效的战术意图。游击队的一大特征是不拘泥于整体的战略布局，自由地出现在需要的地方，起到重要的作用。从这个角度来看，游戏也可以作为人生的游击队来使用。

一般来讲，上班的时间是确定的。即使我们想打网球，在上班时间内也无法去做，只能在下班以后或者周末去进行。外出旅行当然也是如此，如果我们想用一周的时间去旅行的话，那么很早之前就要进行工作的调整。在这样的情况下，就会出现“很想去旅行，但是没有时间”的情况。又或者为了一周的旅行，在一个月内都要做比其他人多得多的工作。现代社会的一大特征就是无论做什么，都要按照计划来进行。受此影响，游戏也被纳入了管理体制，变得无趣起来。

为了避免这种情况的发生，我们可以在对待礼仪和工作方面，都怀有一定的游戏精神。原本“游戏精神”一词一般来讲是一个价值比较低的词汇。但是，如果我们可以承认本来被贬低的“游戏”一词的价值的话，那么“游戏精神”一次的价值也会随之而提高。

过去在大学里，学生运动非常激烈，老师们常常处于非常不利的立场上。不知道是幸运还是不幸，在学生运动最激烈的时候，我还没有在京都大学任教。我从稍微往后一点的1972年开始在京都大学任教，即使是那时候，学校里还存在着相当程度的残留问题。被学生称作“团交”的师生间的谈判还在继续着。我在学校里逐渐成为了这个领域的专家，但是，长时间内，我在从事相关工作时其实也是抱着相当的“游戏精神”的。

通过我的观察发现，在学生里既有将学生运动作为“工作”来从事的人，也有当作“游戏”来从事的人。这些人可谓物以类聚、人以群分，不同态度的人所属的集团也不一样。我对待抱着游戏心态的人的集团，通常也以游戏程度的心态去对待，不然如果我过分认真的话，那么缺乏认真态度的学生们就会有挫败感。其次，对待抱有工作态度的学生集团，我也很认真地与他们交往，但是令人感到难过的是对方似乎并没有时间搭理我。换句话说，因为没有“游戏”的心态，我的贸然介入让他们感到很苦恼。我在享受“团交”的乐趣的同时，也解决了很多相关问题。

我在学校内，可能已经被当作了解决“团交”问题的高手。我在喝酒时曾经说过：“解决团交问题的终极理念就是怀有游戏精神去面对。”听到相关传闻的某专业的教授，决定按照我的方式去尝试，结果却非常可悲。游戏集团的学生抱怨这位教授有时过于严肃，而工作集团的学生则严厉指出这位教授有时过于儿戏。这位教授最后感叹道：“我还是做不来游戏精神这种半途而废的事情啊。”

这件事归根结底只是个传闻，我估计最多也是真假参半。但是，这些话中重要的一点是，这位教授将游戏精神误解为是“半途而废”的东西并因此遭到了失败。游戏精神这件事其实不全力以赴去做也是不行的。与此同时，这件事其实是很有难度的，要想做好它，需要相当努力的修炼才行。

仔细想一想的话就会发现，游戏精神的效果如果不经过相当时间的积累是发挥不出来的，因此可能并不适合在讨论青年期问题时拿出来说。青春，还是要做到玩的时候就好好玩，工作的时候就全力以赴工作，一开始就追求所谓的游戏精神可能还是不行的。

也许，关于这个章节里我写的游戏精神，读者还是不要当真为好。

第五章 青春的别离

无论我们觉得春天是多么美好的季节，它都不可能永远地持续下去。夏天总是会到来的，青春也终究会离人们远去。这时随之而来的将是离别时的悲伤与痛苦。然而，如果我们将目光放在因离别而获得的新的东西上的时候，也会感到一种喜悦之情。不经历离别就无法长大成人，但是，如何对待离别却又因人而异。

很多人都是在某个团体中体验到青春的。或者说，青春在很多时候是一种和朋友一起体验的东西。然而，在某些时候，青春的终结也意味着将不得不和这些朋友告别。当然有时候，虽然在表面上，还是能和这些朋友一起生活，但是人们会在内心深处品尝到非常强烈的离别所带来的悲伤与痛苦。也有的时候，会出现朋友之间的关系发生变化的情况。有的人，正因为承受不了这种离别所带来的痛苦，而永远无法长大成人。

就像我们之前所讲的，在现代社会里，没有成人仪式这种可以让孩子一举成为大人的方法了。因此，我们实际上不能说青春一去不复返这样的话。现代是一个所有东西都变得没有边界的时代。我们既不能说体验了一次或两次离别就可以长大成人，也不能说长大成人后就与青春无缘了。如果我们不充分了解这其中的微妙关系的话，只有一次的人生就会变得单调、变得没有明确的方向。在本书的最后一章里，我就想针对青春的离别方式以及与之相关的种种观点展开论述。

1. 毕业

在学校里有一种仪式叫作毕业典礼。即使是在与日本相比“仪式”很少的国外，毕业典礼在很多时候也会被举办得非常隆重。毕业典礼在美国被叫作“commencement”，众所周知这个词是“开始”的意思。这是因为在美国，上大学是一件相对比较容易的事情，而毕业典礼就被当成了一种成人仪式。然而令人遗憾的是，这种制度下的毕业典礼，与过去孩子们曾经体验的成人仪式那种实质上的变革并没有什么联系，因此真正的毕业，还需要每个人自己去体验。这正是现代社会里的难题和有趣的地方。

家庭

青年首先要学会离开家庭。离开养育自己、保护自己的家庭是一件令人恐惧的事情，也是青年的自立意志高涨时，不管是非黑白也想去做的一件事。在动物界，离开父母和离开孩子的事情被非常好地执行着，这点想必很多人都在电视上看到过。一直非常乐于与孩子亲昵的动物父母们，当自己的孩子到达一定年龄后就突然改变态度，孩子只要一跑过来，不是撞跑他就是上去撕咬他。孩子们在感到震惊与恐惧的同时，也渐渐学会了离开父母生存。这样的事情在自然界已经被程序化了，真的非常精彩。

与动物界相比，人类虽然热衷于对自然界施加影响并试图支配大自然，但是对于自己内在的自然环境的破坏则是相当的严重。因此，离开父母和离开子女这件事，人类往往无法做出很好的处理。关于这点，很多人都做出过相关论述，想必诸位读者也有所了解了。

然而，现代社会里的一个重大问题，或许应该是很多青年并不具备刻意被称之为“家”的离别对象。只有在家庭中体会到了必要的融合感，才可以去体验离开家这个平台时的离别之情。然而，当这种融合感的体验并不充分时，对于青年来说，就不存在真正意义上的“家”，他们所做的只是离开现在住的所谓的家，去寻找本来应该体验到融合感的真正的家庭而已。无家可归是现代一个重要的社会问题。有的孩子虽然父母双全、家境殷实，但在心理上却是一个“流浪汉”。

心理上的无家可归者对于“家庭”的渴求是极为强烈的。随着这个梦想的膨胀，他们已经难以在普通的人际关系中得到满足。刚和某人亲近起来，他们马上就会让这种关系恶化。这是因为他们的诉求太多以至于对方无法承受，又或者他们一旦捕捉到对方的心理动向，就会感到对方在欺骗自己（并不是说他们太过敏锐，而是他们的判断基准过于严格），而主动与对方断交。有的时候，他们甚至会做出相当程度上的破坏性行为来。

心理上的无家可归者如果不从内心角度去克服自己的心理障碍的话，最后就会加入强调强烈的融合感的集团，如流氓团伙、涂料稀释剂吸入集团、某些宗教团体等。如果未能加入这些集团的话，他们则会陷入反复的自杀未遂、药物依赖，或者极端的无所事事的状态之中。

如果讨论无家可归问题的话，又将占去很大的篇幅，因此我想就此打住。在这里我只想提一句，其实任何人都有成为内在的流浪汉的时候。成长在良好的家庭的人，在自立意识的驱使下，也会突然觉得自己是一个无家可归的“流浪汉”。然而，这种人不会误入刚才所说的那些高风险的歧途中去，他们会凭借着自己的能力选择一条可以自立的道路。

在这里，我们有必要去思考一下“家庭语言”这个问题。家庭中也有只在家庭成员中才通用的共同语言。比如，某个家庭成员突然说：“那个时候的那个东西可真称得上是杰作啊！”这时候，其他所有家庭成员都会明白他想说的是哪个时候，所谓的杰作又是指的那个时候的哪个东西。与此同时，家庭成员所说的“杰作”对于家庭所有人来讲，其代表的意义都是相同的。但是非家庭成员口中的“杰作”，可能其意义就不一样了。对于小孩子来讲，他们觉得“家庭语言”是放之四海而皆准的，因此会在家庭之外遇到“语言不通”的时候。当这个时候，小孩子就会明白，必须要牢记“外”这个概念的意义。

青年们有的时候会对家庭语言抱有强烈的厌恶感，并试图将外来语导入家庭生活中。他们很想大声宣布：“我不是依赖于家庭用语而活着的。”当这种情绪走向极端的时候，就会出现不和家里人讲话，或者索性搬出去不回家了的局面。

离开家庭之后，根据青年自立状况的不同，有时也会发生重新与家庭接触的情况。然而，与之前作为“被家庭的融合感包围着的”家庭成员不同，在这种接触过程中，青年是以一个自立的人的身份出现的。从这个角度来看，欧美人与日本人相比，其家庭成员之间的交流显得更加亲密和深入。这是因为欧美家庭成员之间的关系是一种冲出“围栏”获得自由的志同道合者之间的交流。也可以说，这是从家庭中“毕业”的毕业生校友会般的关系。在日本则相反，毕业校友之间的关系常常被炫耀为“家庭”式的关系。但是，在这些关系中，作为成员个人拥有着怎样的自立程度，才是我们最应该去关心的事情。

奎尔普的军团

大江健三郎的《奎尔普军团》就是一部描写一位身处青年期初期的青年，是如何从家庭关系中“毕业”，并借此向世人展示这里的深刻意义的作品。在这里，我们没有足够的篇幅去介绍这部作品的梗概，有兴趣的读者可以自己去读一下这本书。我在这里只是想围绕“毕业”这个问题来谈谈我的想法。

小说的主人公是一位名叫奥君的高中生，他离开家庭想去呼吸外面世界的空气。当他重新回到家里时，终于完成了“毕业”任务。但是，小说中对这个故事主线进行了重叠结构的加工。首先是奎尔普。在小说里，奥君为了学习英语，在忠叔叔那里读到了狄更斯的小说《老古玩店》[1]。在书中，奎尔普这个人物起到了重要的推动情节发展的作用。在介绍这个人物时，作者大量引用了狄更斯的描写。其中有一段是这样写的：“他黑色的眼睛里透出一股不安分，显得阴险毒辣且狡猾。他的嘴边和下巴上稀稀拉拉地长着粗而硬的胡子，凸显出尖酸与刻薄。他的脸色也绝不是那种清洁且健康的样子。然而，最能表

---

[1] 《老古玩店》（*The Old Curiosity Shop*）是英国作家狄更斯的长篇小说。

现出他的怪诞的容貌的，还是他那极其夸张的皮笑肉不笑的样子。”这个奎尔普想要威逼霸占少女小耐儿。小耐儿是一位14岁的少女，她在书中被描绘成了一位“非常非常可爱的人”。

在书中，奥君的很多体验，与《老古玩店》中的故事在某种程度上产生了重合。不仅如此，少女小耐儿也与陀思妥耶夫斯基的小说《被侮辱与被损害的人》中的一名叫娜丽的女性角色重合在了一起。随着小说故事的发展，连《圣经·旧约》中的亚伯拉罕[1]与儿子以撒的故事也出现了。与此同时，作为整个故事中的一个小插曲，奥君参加了越野识途比赛，因为在动物园关猛兽的栅栏地下挖洞，而差一点成为猛兽的牺牲品。小说中的所有情节，都以重叠的方式相互关联着。

作者在这里想表达的是，一个青年是如何背负起历史的。一个人就是活生生的历史和文化，即使只做和自己相关的事情，也会与历史和文化建立起联系。有时候，我们觉得不是一个很大的问题，可是解决起来却要花很多工夫，其原因正是在此。与此同时，有时候我们自己无法解决的问题，需要周围人的帮助来解决其原因也正在于此。

忠叔叔虽然是暴力犯罪科的刑警，但也是一位能够阅读狄更斯小说的人。忠叔叔在偶然间保护了一位名叫百惠的马戏团的女性团员。百惠和丈夫孩子因为被追债而被迫躲进了东京周围的大山里居住。作

[1] 亚伯拉罕（Abraham）是犹太教、基督教和伊斯兰教的先知，是上帝从地上众生中所拣选并给予祝福的人。

为办案用的参考，叔叔那里收到了一份越野识途比赛的地图。正因为如此，奥君也在叔叔的邀请下，参与了营救百惠的工作。因为这是一份危险的工作，所以他们连奥君的父母也没有告诉。对叔叔把自己“当成大人”的行为，奥君非常高兴且异常兴奋。

当青年离开家庭时，生命中就会出现忠叔叔这样的人物。这样的人物将代替父亲的角色，帮助青年独立于家庭。有时候，青年也会在这种人物身上感受到诱惑。对于家长来说，这样的人既是帮助自己孩子长大成人的恩人，又是将自己的孩子引诱到危险之中，破坏家族的融合性的令人头疼的角色。

奥君人生中重要的时刻正在到来。关于这点，奥君“曾几度做过同样的梦”。我们就来看看他究竟做了什么样的梦。在梦中，百惠走在马戏团帐篷里纵横交错的钢丝上，她变得如同“山口百惠”[1]一样美丽。她上半身穿着马戏团的T恤衫，“下半身却变成了裸露着的丘比娃娃雕像”！当百惠走到钢丝的正中央时，从另一侧流氓们追了上来。这时候，奥君穿着薄薄的越野识途比赛用的制服，跨上纵横交错的钢丝，前来营救百惠。然而，这时候他突然意识到，自己只跳过绳，却一次也没有练过走钢丝。这就是奥君的梦。

这是一个很好地具备了青年期梦的特征的梦。为了从流氓手中营

---

[1] 山口百惠（1959–）日本著名影视演员、歌手。

救美女百惠，奥君不得不开始了人生的“走钢丝”。然而，“为什么钢丝上的百惠的下半身变成了丘比娃娃的雕像样子呢”？关于这点，在书中奥君用晦涩难懂的语言自己解释道：“也许这是到了我这个年龄的人身体中性冲动意识的一个表现吧。”可是，这里出现的为什么不是单纯的裸体，而是丘比娃娃雕像的形象呢？这与丘比娃娃非常有趣的诞生过程有关。丘比娃娃是丘比特的变形，也就是希腊神话中的爱神。爱神原本不具备人类的姿态，是人类无法把握与理解的一种存在，古代的人充分认识到了爱神所具备的恐怖的力量。但这儿之后，人类逐渐变得傲慢，开始觉得凭借自己的力量可以控制一切。从这时开始，爱神就逐渐具有了人类的形象，到了最后，就沦落为可以以裸体形象出现在一般健全的家庭中的丘比娃娃。

奥君不得不去营救百惠、小耐儿、娜丽这样的清纯柔弱的少女，在这里，我们无可避免地要去探讨性的问题。然而“性”虽说就一个字，可是它却涉及了从丘比娃娃到爱神的相当广泛的领域。因此，我们有必要认识到，这不是一个用单一主线就可以阐述的问题。在这里，奥君回想起他虽然会跳绳，但是从来没有练习过“走钢丝”这件事。这说明了，脱离了家庭保护的青年们，需要做好将要遭遇到之前从没想象过的问题的心理准备。

对了，在追逐百惠的流氓们又是些什么人呢？这正是作者指出的“奎尔普军团”。流氓们以集团的形式在抓捕百惠，奥君能否与这样的军团作战呢？然而，令人感到奇妙的是，在读狄更斯的作品时，奥君竟然将自己的感情注入了书中奎尔普这个人物之中。奎尔普只是一个人，怎么又会成军团了呢？

迟到的人

梦是一个奇妙的东西。梦里出现的人物都可以看作是梦中“自己”的化身。不管是百惠（下半身是丘比娃娃）还是流氓，当然还包括梦中的奥君自己，其实都可以算作是奥君自己的一部分。奥君想要去帮助百惠，然而被“奎尔普军团”吓得发抖的清纯柔弱的百惠（其形象与小耐儿和娜丽重合在了一起）其实也算是奥君的化身。从这个角度看过去，百惠在奥君心中永远是小孩子的那部分感受，而奎尔普则代表了“成年人”，代表了大人的形象（特别是在百惠，或者说在小耐儿的眼中）。这样想的话，我们就会了解“军团”的意义了。大人们集结成军团，试图将小孩子们变为大人。

通过这点我们可以发现，人类长大成人的过程，就如同奎尔普侵犯小耐儿一样，是一个从清纯的世界通向污秽的世界的过程。这样的话，我们就可以将奎尔普军团理解为一支来自成年人社会的军团。有人会觉得，怎么会这么荒唐呢？成为大人的过程，应该是与奎尔普军团作战，并将百惠纳为自己伴侣的过程。如果是这样的话，奥君一个人真的可以对抗流氓团伙吗？一个连“走钢丝”都没有练习过的人，真的可以在钢丝上与一个团体作战吗？真到了这个时候，恐怕青年早就命丧黄泉了。

非常遗憾的是，我们在这里不能再继续讲述《奎尔普军团》的故事内容了。简单说一句，奥君在营救百惠的过程中，卷入了与过激派的战斗中，虽然没有丧命，但是因为在离开家的过程中体验到了如此恐怖的事情，所以最后又回到了家中。之后，奥君因为肾脏也出现了问题而病得卧床不起。实在抱歉，我在这里没办法详细叙述书中的情节，但是从书中很多伏笔中都可以推测出，奥君实际上心中在怀疑自己是不是也是“奎尔普军团”中的一员，并因此而感到了恐惧。

在发着高烧的时候，奥君体验到了这样一种感受。在高烧中，奥君双掌做合十状，指尖却向外张开60度，并频繁地左右摆动。他说道：“我觉得自己是一个小快艇，同时又是乘坐这个快艇的人。我拼命地掌着舵，在乘风破浪地疾行。一个不小心，就有可能造成大事故。航行在暗礁错综林立且难辨方向的水路上，我不知道是通往地狱还是通往炼狱，好像已经来到了这个分歧点。在梦里，我有着这样的体会。”

这真是一个精彩的梦。以前一直乘坐在家庭这只大船上生活的奥君，自己却变为一只小船，在人生的怒涛中乘风破浪，与风浪做着艰苦的斗争。的确，在这个时候，“一个不小心，就有可能造成大事故”。经历了恐怖体验的奥君，在心灵受到创伤后重新回归家庭，想必他是可以得到治愈的。但是，并不是像过去一样，由父亲或母亲来治愈他的心灵。因为奥君已经不是以前那个小孩子了。

心灵的治愈经常会在人们意想不到的地方发生。奥君的哥哥虽然在养护学校上学，但其实非常擅长作曲。当他们家帮哥哥自费出版这些曲子时，想为其中一首钢琴曲填词。然而哥哥却说：“我不擅长诗词歌赋。”他们想为一首名叫《毕业》的曲子填词，并借此让哥哥回想起从养护学校毕业时的心情，为此他们举行了家庭会议。

奥君兴致极其高涨，他说道：“只要将目前讨论的东西做一个总结不就行了。”并开始埋头于这项工作。当他不知不觉工作到夜里两点时，不禁感慨道：“自从生病之后，不考虑那件事而长时间埋头于一项工作，这还是第一次，我自己都震惊了。”最后，奥君完成了诗歌创作这项任务。

“配合着哥哥作的曲子，将我作的歌词唱给家人们听，果然还是感觉不太自然。即使如此，当哥哥用准确的音程小声哼唱这首歌曲时，他清澈凛冽的心情中流露出了一种淡淡的忧伤。在苦涩的梦境里，我感到自己虽然躲过了地狱之劫但仍然想要前去炼狱。我双掌合十成拳头状拼命摇动……我想变成一个新的人，我想改变自己现在的性格。我觉得，我重新选定的方向，与这首歌在情感上联系了起来。”

当奥君一个人的时候，他自己哼唱起《毕业》这首歌来。“我觉得我所做的，就是把‘通过钢琴的音符将全部感情都表现出来的哥哥的音乐’，用语言描述出来而已。为了将哥哥的音乐用语言描述出来，我反复将曲子听了很多遍，在这个过程中，我感受到哥哥的音乐也治愈了我。”

“哥哥的音乐治愈了我”，这是一个令人感动的情节。就在第二天奥君走出了家门，医院也对他说，今后没有必要担心肾脏的问题了。奥君虽然曾经说过自己不想上大学，想一个人学习，但是这时候却表明了想考取大学的意志，这让他的父母非常高兴。到了这个时候，奥君已经没有必要和父母产生冲突了，这时的奥君才可以说真正能够从高中“毕业”了。

与父母产生矛盾，背着父母前往危险的地方，在遇到了生命危险之后，奥君又回到了家庭中。然而，不是作为一个被家庭保护的小孩子，而是作为一个具有自己的判断力的青年回到了家里。当然，在现代社会里，小孩子不可能通过一次成人仪式就变为大人，对于奥君来说，他可能还将面临下一次成人仪式。然而我们不能忘记，担任了这次成人仪式的司仪这一重要角色的，是动作比别的人“慢了一拍”的哥哥。奥君被哥哥所作的《毕业》一曲所治愈，也许这件事反映出了奥君这个年龄的年轻人们，只想着超越别人、一心向前进的这一现代社会的潮流。

原本成人仪式这种东西是应该在绝对权威者的名义下进行的。因此，我们也可以将奥君的哥哥的形象看作是一个“迟到的神”。为了治疗现代青年心中的伤痕，是需要这样的迟到的神出现的。这点，我们需要时刻铭记在心中。

2. 永远的少年

奥君通过对自己内心深处伤痕的治愈，体验到了“毕业”这一过程。然而，也有一类“没有受过伤”的人，他们迈着跳跃的步伐在各种各样的地方干着外表光鲜的事情。他们好像做了很多事情，但是仔细看过去，却又发现他们其实并没有在认真工作。他们会在某项工作的中途突然放手，而接替他们的人则会非常辛苦，有时还会伴随着伤痛。而他们本人对此则毫不在乎，并马上将注意力转移到下一个新点子上。其实，这类人原本并不限于青年，在老年人中也有这样的人。对于这类人，有一个形容他们的词叫作“万年青年”，这个词既褒义又贬义，总的来说前者的意义更加强烈一些。

越境的不安

在荣格派心理分析家们所重视的心理原型中，有一类被称作“永远的少年（puer aeternus）”。这可能是因为有很多这样的人来做心理咨询，分析家们从中得到了启迪，才创造出了这个名词吧。这个名词所反映出的一个特点就如同刚才我们所介绍的一样。但是，在荣格派分析家的记述中，这个名词所代表的并不是一类人，而是人类心中的一个“心理原型”，这点非常值得玩味。也就是说，在所有人心中都有这种“永远的少年”的原型存在。只是，每个人与它的关系都不尽相同，这点才是问题所在。

在思考原型与人生的关系时，我通常喜欢用交响乐来举例。种类繁多的乐器就好比是这些心理原型，在人生的不同阶段，都有不同的原型占据优势，这就像在不同的乐章中，占据主导地位的乐器也不同一样。当其他原型占据主导地位时，剩余的原型有的处在完全不工作或只是在一旁观看的状态下，有的则起到类似于伴奏的作用。然而，永远的少年这一原型在心中占据比较强势地位的人，就好像是试图为来听交响乐的听众演奏独奏的乐师一样。也就是说，我们可以这么认为作为心理原型的“永远的少年”，虽然存在于每个人心中但是当它占据优势，进而占据整个人的心灵时就产生了问题。

在北欧神话中，有一个关于巴德尔的故事。巴德尔重病缠身，他的母亲十分担心他，因此与万物订下不许伤害自己儿了的约定。然而，这项约定却没有传令给十分弱小的槲寄生[1]。众神因为生活的无

[1] 槲寄生其实是长在树上的一种寄生攀藤植物。

聊，想出了一项有意思的游戏。他们让巴德尔站在面前，众神将手边能拿到的东西都投向巴德尔，即使这些东西能碰到巴德尔，他也不会受伤。

看到众神玩得十分尽兴的火神洛基从巴德尔母亲那里知道了槲寄生的事情。洛基偷偷地用槲寄生做了一杆标枪，并交给了因为双目失明而没有被邀请参加游戏，进而孤独地站立于场外的众神之一的霍特。洛基告诉霍特应该和大家一起高兴地做游戏，并让霍特握住标枪，指引他向巴德尔的方向投掷过去。巴德尔瞬间就被标枪杀死了，一直沉浸在游戏乐趣之中的众神也都被吓得说不出话来。

在北欧神话中这个故事还有后续，这里我们就省略不谈了。让我们先针对前面这个情节来探讨一下。完全不会受到任何伤害的巴德尔神的形象很好地符合了永远的少年的定义。与此同时，母亲为了守护他而不得不做出的努力，也是我们应该关注的焦点。永远不会受伤的人是永远不会长大的。这个时候，想尽办法想让巴德尔受伤的人是洛基。洛基可以说就是北欧神话中的另类分子，他为旧制度的破坏与新制度的建设在不断努力着，可是在巴德尔这件事上，却造成了悲剧的结果。

巴德尔的故事，揭示了永远的少年变成大人的困难性。一不小心想要变成大人，结果却命丧黄泉。与永远的少年这一心理原型融合起来的大人们，当然也会对长大成人这件事抱有强烈的恐惧。这样的人往往是非常有才能，且能够经常想出好点子的人。如果将这些点子付诸实施的话将会有很不错的结局。他们也许也是这样想的，可是总是会在工作进行到一半的时候就溜之大吉，或者被其他东西所吸引，转而做其他的事情去了。

造成这种情况的原因，可以总结为是对跨越一种边境时会感到强烈的不安。在没有越境的范围内，这些青年不断变换自己的注意点，给人一种工作极其有成绩的感觉，可实际上却什么也没有做。当要跨越这种边境时，则无论如何也会受伤。就像在巴德尔的故事中需要洛基这样的角色出现一样，这种过程会在某种意义上与罪恶产生关联。也许有人会觉得，只要和简单的恶势力结盟，就可以成为大人。因此，永远的少年常常与大人擦肩而过，不但没有跨越成人的边境，反而走向了相反的方向。

永远的少年这一原型，对于创造性的工作来说是极为必要的。它上升的势头也是极其猛烈的。但是，如果任何时候都和这一原型融合在一起的话，是无法创作出真正的作品的。只有让永远的少年这一原型不断工作，同时又要注意不被它所同化，在这样困难的状态下，才可以真正做好创造性的工作。

永远的少女

与永远的少年一样，还有一种心理原型可以称作永远的少女。被永远的少女这一原型所同化的女性，将作为“永远的少女”而拒绝成为大人。她们会通过少女的双眼看透大人世界的种种把戏及“肮脏”的工作，并对此产生强烈的厌恶感。有时候，她们甚至会做出揭露大人世界肮脏面的近乎于残忍的事情来。而对于她们本人来说，这些事情不能算是残忍，只是将事实讲了出来而已。

前文中我们提到的小说《TUGUMI》中的主人公，可能也是一个背后有永远的少女这一原型在作怪的女性。她因为重病缠身而被父母极端庇护的样子，也会让人联想起巴德尔。在小说的结尾，作者暗示出TUGUMI通过体验死亡，摆脱了永远的少女这一心理原型的支配。

与永远的少年相比，永远的少女这一原型与身体的关系更加紧密。这是因为与男性相比，女性与身体的关联性更加强烈。作为永远的少女，她们无法忍受自己身体变得与被称作妻子或母亲的女性一样。因此，青春期厌食症这种病与永远的少女原型有着很深的联系。她们因为被“拒绝身体成长的强大力量”所支配，因此变得无法摄取食物。又或者，在他人看来仅仅是瘦弱的身体，在她们自己的眼中却是“美丽的”。而普通的体型在她们看来则显得非常“丑陋”。

少女般的脾气与清纯，再加上外在的美貌（永远的少女原型强大的人往往是美女），这让很多男人为她们着迷，并聚集在她们的周围。但当异性与她们的距离过近时，她们就会突然跑开，只留下一串少女般的笑声。她们通过明朗的笑声来展示自己的魅力，并善于通过笑容与异性保持距离。

在永远的少女原型的驱动下，当少女们在没有死亡威胁的情况下年龄逐渐增长之时，这些女性往往不能和自己的追随者或者是进入自己生活的男性建立起一对一的关系。男性们非常乐于单方面地追捧侍奉这些女性，但是却无法与她们发生更进一步的关系。这个时候，这些女性就会渐渐具有双性的特点，并在性格上融入进永远的少年的要素，从而变得更加有魅力。

在永远的少女原型支配下的女性，有时即使和很多男性发生过性关系，也可以过着如同巴德尔一样“不受伤害”的生活。在这种情况下，她们不会对与男性发生性关系这件事感到抗拒，也不会因此而受伤，所以无论与多少男性发生关系，她们都会保持着少女般美丽的外表。

被这样的女性所吸引的男性，往往都是比较柔弱的。他们与这样的女性发生关系后，会觉得这样的女性与自己的关系是最特别的，因而想更加进一步地去接近她们。而当她们的兴趣转移到别人身上时，这些柔弱的男性就会受到深深的伤害。如果我们将伤害看作是能让青年一跃成为大人的弹簧的话，那么这样的事情也不能说完全是错误的。永远的少女型的女性，有时会在不知不觉中扮演起为男性举行成人仪式的巫女的角色。

很多时候人们会感觉到，当原型的力量变得过于强大时，人类的力量会无法阻止它们。然而，某种原型的力量不会一直强大下去，到了某个特定时期，原型的力量会自然而然地变弱。在永远的少女原型的支配下，与很多男性发生关系的女性，随着原型力量的削弱，就会变得和“普通”的女性一样，过上普通女性的生活。与此同时，她们会在过上一般意义上的幸福生活时，突如其来地对过去自己所做的事情感到强烈的罪恶感。当接触到这样的例子时，我觉得之前关于她们没有“受过伤”的表达是不准确的，也许我们更应该说，她们所受的伤极为深刻，以至于自己都没有意识到。

在强烈的罪恶感的侵袭下，在旁人眼中幸福的人会出现严重的抑郁症，或是做出试图破坏这种幸福生活的举动，乃至于自杀。为了避免这样的结局，当永远的少女原型的力量减弱，并回归于普通生活时，他们与我之间的医患关系也即将结束。在分别时我会对她们说道：“如果突然感到抑郁的时候，突然想要去死的时候，请务必联系我。”有的人真的回来找我并对我说：“我想死的时候，突然想起老师对我说过的话。”这个时候，我将在很长一段时间内继续投入到治疗她们受伤的心灵的工作中去。

3. 背叛

我们之前谈到了，受到伤害以及因伤害别人而产生的自责，可以促使青年长大成人。在受伤与被伤害的过程中蕴含着一个重要的元素，就是“背叛”。是不是有很多人觉得，在众多罪恶之中，最不想去碰的就是背叛呢？对于大多数罪恶，人们会意外地同情心泛滥，但唯独对背叛抱有着“绝对无法饶恕”的态度。这是一项没有辩解余地的行为。

当我们去阅读从古至今那些伟人或天才的传记时，往往会被他们那些意想不到的“背叛行为”所震惊，从而觉得“这样的人也会干这种事！”在传记作家之中，经常有人因为对传记主人公抱有很深的感情，试图在书中强调这样的行为算不上是背叛，又或者说主人公有不得不这样做的理由等。但对于读者来说，怎么看都会觉得：“不管怎么说这不都是背叛嘛！”当我们接触到这种例子时，就会慢慢开始去思考背叛这个东西对于人生来讲的意义。对于青春来说，背叛也是一个重要的课题。为了让读者更好地理解这个话题，在这里，我想以今江祥智的作品《牧歌》为例来谈谈我的看法。

伙伴

书中的主人公洋作为休产假老师的替补，临时成了一所中学的美术老师。一开始，他发现坐在教室最前排的男生总是在认真地削着铅笔，削好后又将铅笔芯折断，并重复着这一过程。通过查看座席表，他知道这个男生名叫根元。要是普通老师的话，肯定会马上上去告诫或者询问到底是怎么回事，而洋认为根元的行为太过偏离常识，从而选择了站在一旁默默地看着。

洋是一位单身的青年老师。我也曾在大学毕业后，马上进了一家同时设有初中部和高中部的学校任教。青年教师这个职业是一种非常奇妙的存在，在学生面前，虽然看起来像是一个可以独当一面的大人，但是在校长和年级主任的眼中却还是一个没长大的孩子。有时，自己作为教师团队的一员要去面对学生，有时却又作为青年的一员想要去与成年人教师集团对抗，实际上我真的就这么做过。关于这点，学生们也非常清楚地知道，因此很多时候“青年教师”会变成学生手中的棋子。

洋不同于其他的成年教师，他没有把根元看作是“客人”，而是首先对根元进行了家庭访问。第一次去的时候根元的父母都不在家，第二次事先约定好时间而见到了根元的父母。因为老师很少来家访，所以根元的父母显得非常高兴，不断地劝洋喝啤酒并告诉洋根元的哥哥其实成绩特别好，但是“因为不是日本人”所以找不到工作从而自杀了。根元看到他们所有的努力都会以无用功而告终，进而开始在学校里做削好铅笔又折断掉这种没有意义的事情，其他老师对此只是装作没看见而已。

也是因为看到了根元的绘画才能，洋与根元的关系迅速变得亲密起来。根元非常喜欢洋，喜欢到连洋在哪家餐厅吃饭、喝什么饮料都想跟过去看看。不仅仅是根元，其他学生也非常喜欢洋，并为洋起了“小洋”这样亲昵的名字。一名学生被母亲问到谁是小洋时，这位学生答道：“是我朋友。”听到这个回答的人会产生一种“原来是朋友呀”的感觉，觉得洋和他的学生们变成了同年级的学生，连洋走起路来都充满了中学生般的活力。

洋的伙伴是中学生，而不是教师集团。洋可能也拥有之前我们提到过的“永远的少年”的要素，在人们的煽动下，他也会去参加游泳和田径等比赛，无论成功还是失败，总之给人一种外在的“非常活跃”的感觉。总之，他一而再再而三地做出“让人们震惊”的事情来。彻头彻尾的“成年人”教导主任，总是将洋看作是眼中钉，而作为他的伙伴的中学生，在非常好地照顾到了洋的心情。这里，作者非常好地描绘出了作为一个永远的少年的洋的形象。

那么，洋又是为什么会和根元很快亲近起来呢？这可能和洋所具有的正义感和性格中的某种因素有关。然而，从一般意义上来看，永远的少年往往会对弱者和受伤者给予同情。而成年人往往不会有这样的同情心，因为成年人都在忙碌于自己的事情。我们讲过，永远的少年是不会受伤的。然而，我们也分析过，也有可能是他们受伤的地方太深，以至于自己没有意识到。这样的话，就造成了虽然他们没有意识到自己受伤，但是却无法放下别的受伤的人不管。或者说，当他们看到弱小的人时，虽然并不能从中意识到自己的弱小，但是却“无法置身事外”。在这样的时候，如果永远的少年本身无法改变的话，虽然他们会对别人产生一时的同情，但是当新的同情对象出现时，他们就会马上转移自己的情感。但是，当我们读到小说后面的情节时，就会发现洋并不是这个样子的。

在洋的伙伴中，出现了一位另类却非常重要的人物，她就是转校来的女生安芸伊代。伊代看起来比实际年龄要成熟得多，洋和其他老师，当然还有学生们，都以为她是哪位学生的姐姐或母亲。伊代的父亲是一名飞行员，在美国有了情人，因此给家庭带来了很多痛苦。也正因为如此，伊代变成了一个非常像成年人的中学生。洋渐渐爱上了伊代。洋虽说是一个永远的少年，但是也无法和普通的中学生谈一场危险的恋爱。然而与他年龄相仿的女性又过于成熟了。就在这时，伊代刚好具有这两者中间的魅力，也就自然而然地吸引了洋。就这样，伊代与根元都在洋长大成人的道路上扮演了重要的角色。

不能说的事情

洋就如同夏目漱石的小说《少爷》中的主人公一样表现得非常活跃，并与成年人的教导主任进行了激烈的交锋。这里与《少爷》中的情节不一样的是，《牧歌》里有一位非常明白事理的校长经常会出来推动情节的发展。关于这点的具体描写，各位读者可以去阅读原著。洋非常不情愿地去参加了母亲推荐的相亲，并在回来的路上意识到了自己对伊代的爱。虽然母亲觉得他们之间的年龄相差太远，但不管怎么说，洋还是将他的心思告诉了母亲。

顺便说一下，这个地方又出现了羊这个动物。然而，与其说这是本书里介绍的第三只羊，不如说是《三四郎》中的那只羊的再现。洋将自己对伊代的爱向母亲坦白时，伊代正在纽约。她的父亲想将自己的情人介绍给伊代认识。也就是说，父亲在考虑离婚和再婚，并想让伊代选择究竟要哪个“母亲”。因为伊代正在面临着这样一个困难，所以在等待着伊代的信件的洋没有收到一封来自伊代的信。然而，根元却收到了一封来自伊代的短信，上面写着：“纽约的大街很漂亮，然而我却感觉自己要迷路了。”

“迷路”一词让洋联想起了《三四郎》里的迷途的羔羊。“迷途的小羊，当洋自言自语说出这个词时，他仿佛感觉到自己也变成了这样一只羊。”在那个不眠的夜晚，洋做了一个浅浅的梦。这是一个可以堪称典型的永远的少年的梦，就让我借用小说中的描述来总结一下这个梦的内容。

在梦中，好像有人在轻声私语道：“哎，画一幅羊的画吧。”正在觉得厌烦时，才发现说话的人是“小王子”。洋在撒哈拉大沙漠里与小王子一起漫步，因为老被催促，洋画了一幅伊代的肖像。小王子说：“不对！这只羊生病了！”没有办法，洋又画了一幅高楼大厦林立的图，说羊就在这其中的某个地方。小王子很高兴，说要去找羊，就钻进了画中，只把洋一个人留在了撒哈拉大沙漠。这时候，太阳从远方的地平线上冉冉升起，一眨眼就变得烈日当头，洋因酷暑而饥渴难耐。此时，地平线上刮起一阵龙卷风，并向着洋站的地方席卷而来，把洋刮到了天上。巨大的太阳近在咫尺，洋被阳光晃得睁不开眼。

“要熔化了……

“洋被卷入了火球的热浪之中。

“‘手脚给我动起来！’有人在呵斥洋。

“洋的手脚总算能动了。热气总算从脚下渐渐退去，洋松了一口气，一狠心睁开了眼。

“在初夏的朝阳中，洋从梦中醒来了……”

梦从迷途的羔羊的联想开始。细细想来，“洋”这个名字中本身就包含着“羊”这个字，这点很有意思。而为了羊的画而来的“小王子”，就像各位读者所知道的，是永远的少年的代表（荣格派分析家冯·佛朗茨关于这点曾经做过很详细的论述）。对于小王子来说，羊是一个非常重要的存在，对于洋来说羊也极其重要。然而，洋心中的羊指的是伊代这只迷途的羔羊。

当了解到现代社会中迷途的羔羊不是生活在草原上，而是在高楼大厦林立的城市之中时，洋彻彻底底地感到了孤独，继续体验着从过去就一直体验着的如同永远的少年的代表——伊卡洛斯[1]的感觉。伊卡洛斯打破父亲所定下的戒条，试图急速地去接近太阳，从而从天空中坠落了下来。永远的少年是与“急速上升”和“急速下降”相关的。虽然伊卡洛斯丧命了，但洋却保住了性命。这也是因为他遵从了“手脚给我动起来”这句命令。对于洋来说，“手足动起来”究竟有何意义，这点我们到后来会明白。

洋在酒醉之后的狂言成为现实之后，和前辈老师一起去看脱衣舞表演。在警察来了的时候，洋表现得过于夸张，大叫道：“条子来啦，快回去！”在回家的路上，他回想起自己在看脱衣舞时，一瞬间将脱

[1] 伊卡洛斯（Icarus）是希腊神话中代达罗斯的儿子，与代达罗斯使用蜡和羽毛造的翼逃离克里特岛时，他因飞得太高，双翼上的蜡遭太阳熔化跌落水中丧生，被埋葬在一个海岛上。

衣舞娘的身影与伊代的样子重叠在一起，进而产生了对自己深深的厌恶感。“这是对在孤独中深深苦恼着的伊代的一种‘背叛’”。的确，这确实是一种背叛。然而比起这种背叛，洋还体验了更加严重的背叛。

洋在去看脱衣舞的时候，妨碍了坐在后排的流氓们观看节目，被流氓用木屐一通暴揍，在伤好后又因为盲肠炎住了院。当从纽约回来的伊代去医院看望洋时，因为有其他人在，所以没办法很亲热地说话。伊代见过父亲的情人后受到了很大的刺激。洋在出院后，看到了伊代寄到家中的信。“我听说了那件事。老师与父亲是一样的人吗？无论是好是坏，父亲都是一位男性。我这次去美国，很遗憾只看到了父亲作为男性的一面。老师也是这样的吗？”“背叛”立刻带来了报应。“那件事”无疑指的就是洋去看脱衣舞这件事。

洋的痛苦更加深刻了。“我听说了那件事”这句话像一块巨石压在心里，洋心里猜疑心生起，并觉得是根元出卖了他。当与根元一起泡澡时，洋借着酒劲质问根元是不是将去看脱衣舞的事告诉了伊代。少年虽然知道洋已经烂醉如泥了，但还是哀叹道即使喝醉了“也有能说的和不能说的事”并回了家。

洋带着酒劲回到家中躺在地板上，过了好一会儿回想起根元的话，才明白自己做了些什么。一夜未能合眼的洋早上六点就跑去根元的家，在看到根元母亲的眼睛时，却一句话也说不出来了。根元母亲对洋说，今天根元不去学校了。

洋做出了一个非常严重的背叛行为。对伊代的背叛，也许还可以用男人的本性等理由敷衍过去。然而，在根元这件事上却完全不同。也许，根元是一个数度遭到背叛，对于人类这个东西，或者说对于日本人已经完全无法产生信任的少年。而洋所做的事情，是向根元及根元的父母证明了这个世界上还有信赖关系存在之后，轻易地背叛了他们。这不正如同向在大海中溺水的人伸出手，让溺水之人感到喜悦时，突然又将他推入水中一样吗？根元少年说了即使是醉酒“也有能说的和不能说的事”这样的话。这句话非常有道理。洋为什么会做出这样的事情呢？

创作

洋在这件事之后又做了什么呢？洋下定决心向学校提交了休假申请假装返回了故乡，其实开始为了之前一直计划的个人画展而埋头于创作自己的作品。这里面有根元的肖像，也有伊代的肖像。“手脚给我动起来”这句建议，其实是暗示他通过自己的身体去专注于创作。在这样的时候，借助外来的伦理观于教育论去思考的话，恐怕什么答案也得不出来。

洋如同一个梦游症患者，整整两周时间都用于了创作。“洋凝视着画中的根元在认真地作画。只有在这时候，根元也好像要看穿洋的心理一样，在认真注视着洋。他的眼里闪烁着强烈的光芒，但并不是像那个时候一样，是一副抛弃洋的眼神。怀着赎罪的心情，洋认认真真地描绘着根元的画像。洋已经融进了根元的心中，用根元的眼睛在凝视着自己”。

洋怀着赎罪的心情在画着画。读到这里，我觉得洋这个人，其实可以通过画作与根元这个人产生共鸣。每个人都有属于自己的道路，洋并不是可以在教师这条路上能与根元相会的人。洋充分认识到这一点，才决定辞去学校的工作，到东京来专注于绘画。洋已经找到了自己可以走上社会的正确方向。

如果洋没有经历过“背叛”的话，那么又会变成什么样子呢？虽然人生是充满着不确定性且难以预测的，但是如果就这样拖拖拉拉地发展下去的话，洋与根元少年及其家庭的融合关系会不断加深，即使能够成为教师，也会走上多愁善感之路。在坚持不下去的时候，会改变职业或改变学校，永远沦陷在永远的少年的情节里。想要帮助某人的方法并不是和这个人同化。就像我们之前曾经讲过的，同化在某种程度上是必要的，但是终归要意识到，自己是一个单独的个体才行。

在同化程度很强的时候，也许除了背叛，没有别的方法是同化与被同化的人分开。前面我们已经讲到，这也许就是人们做出意想不到的背叛行为的秘密。并不是说看到了对方的缺点，或是两人的关系难以维持，而是通过自己背负着“背叛”的绝对的伤痛而与对方分开。这里无论怎么说错误都在自己，且毫无辩解的余地。带着这样的自我反省而与对方分开，也许是非常有意义的事情。

长大成人是一件非常困难的事情，需要背负起跨越一个界限时所应承受的伤痛。但是，当这样的行为真正具有意义时，这样的伤痛也会转化为创作的源泉。或者我们也可以说，只有通过真正的创作行为，才能治愈这样的伤痛。洋所体验的梦游症患者般的创作活动，或许可以说是远远超越了过去生活的一种状态，也正因为如此，其作品才获得了非常高的评价。与此同时，在作品的影响下，洋也获得了伊代与根元的原谅。这里没有说明与辩解，通过作品的内容反映出，伊代与根元也并不是在理性的思考后原谅洋的，而是直接感受到了洋无法避免“背叛”行为的苦衷。

在青年期没有体验到背叛的人，到了中年会体验到更加深刻的背叛。然而，这个话题已经超出了本书的范围，我们就不再继续讨论了。

4. 无边界的青春

洋与深深的伤痛意识一起，成为一个成年人。那他是否在与青春告别，成为成年人之后，就无法再次体验青春了呢？我并不这样觉得。比如说，在与具有创造性的人相遇时，如果这个人心中有永远的少年的原型在活动，哪怕此人是个老人，我们也会感受得到。关于原型与人生的关系，请回想一下我曾经举的关于交响乐的例子。

在人生的某个时期，或者是某个时候，某一种原型会占据优势，但并不意味着其他原型就消亡了。这就如同在交响乐演奏过程中，有的乐器在演奏，有的乐器在长时间休息一样。话虽如此，从人类全体的角度看过去的话，我们也不能否认这里面有某种程度的倾向性。就让我从这个观点出发，将到目前为止我们所讨论的内容做一个总结吧。

人生的阶段

人在从生到死的过程中，可以分为几个相应的阶段。我们已经讲过，在社会步入近代之前，小孩子与大人之间的区别极为明确，小孩子到了相应的年龄就会变为大人。其实，比起这样单纯的区分，在古代，人们曾尝试将人生划分为更加详细的阶段。众所周知的有孔子倡导的学说[1]、印度的四住期[2]等。这里，我就不一一介绍了。

从近代开始，随着源自西方的心理学的发展，人们普遍将人生的阶段分为乳儿期、幼儿期、儿童期、青年期。与此同时，随着重视人类进步与发展的思想的繁盛，人们对青年期的关心开始日益增强。这时候，青年期不仅只是被当作成人的准备阶段，同时也作为具有新的进步可能性的时期被广泛关注。当然，在这个时期里出现一些错误与偏差也是可以理解的。这本就应该是一个多梦的时期。

对于这样一个模式化的青年期的理解，最近开始急速瓦解。就像我们前文所讲述的，关于青年期中“梦与游戏”的模式化理解，也

[1] 特指《论语·为政》中的“吾十有五，而志于学。三十而立。四十而不惑。五十而知天命。六十而耳顺。七十而从心所欲，不逾矩。”

[2] 所谓四住期，是指在印度教中将人生分成四种阶段，每二十五年为一阶段。

渐渐无法说得通了。现代社会的问题，是在各种各样的地方都出现了无边界现象。从前非常明确的男与女、长与幼、教师与学生、工作与游戏、现实与梦想等概念区分，都开始变得没有边界了。随之而来的是，善与恶这一组概念也变得不那么容易明确地加以区分了。

从这个角度看去，即使有必要将人生的时期按成长程度等加以区分，以便于了解各个阶段的特征的话，将这个区分看作是一种绝对的概念，那么还是会让人感觉很奇怪。我们可以说，从极端的角度来讲青春是无处不在的。再来回顾一下我们之前所讲的内容，我们难道不能说《甘露》中的小学生由男在相当程度上触及了青春的本质了吗？这里虽然无法更多地论述，但在《奎尔普军团》里，在努力去帮助百惠这位女性的忠叔叔心中，不是也可能有青春在悸动吗？《TUGUMI》一书的主人公不是时而像幼儿一样对他人毫无防备，时而又如同老人一样狡猾吗？与年龄无关，有一种心中的悸动在影响着我们。

然而，我们并不能说对人生发展阶段的思考就是没用的、有害的。了解人生的发展阶段对于我们来说也是非常重要的。但是，我们不能因为它是"科学的"，就把它看作是绝对不可颠覆的。如果真的通过科学的方法去研究的话，我们立刻就会明白，目前我们对人生阶段的区分是具有相当的局限性的。

在此基础上，当我们去面对"游戏与梦"这种可以说专门在破坏着既定概念界限的概念时，我们所提出的一切论点都会显得更加相对化。关于这点，我在前文中已经通过某种主线对其进行了论述。因为如果不按照某种主线展开论述的话，那么所有的论点就会变得极为混乱了。《牧歌》一书中的洋，虽然也可以说体验到了一种“毕业”，但是这与《奎尔普军团》中的奥君所体验到的东西完全不同。我们可以感受得到，果然年龄差这种东西还是清晰地存在的。

即使同样是青春，在每个人身上呈现出的样子也是不一样的。的确，到了70岁，可能青春会再次来到我们身边，但是如果单纯地认为这时就可以像年轻人一样行动的话就大错特错了。如果一厢情愿地将青春当作人生最好的时期，到什么时候都表现得像个年轻人一样的话，那将显得更加愚蠢。人生的滋味，是多样化且深邃的。

现代日本社会所存在的一个重要问题，是高考前的“学习”过于严格，大学里的学习任务比起欧美来又过于简单，因此造成了大学生太过专注于“游戏”。并且，这个课题仅仅存在于“学习与游戏”这个单纯的对比概念里，与我们前文所讨论的“游戏的多样性”毫无关系，这里提到的游戏已经丧失了无边界性这一奇妙的感觉，变成了单纯的以休息或放松为目的的活动，显得毫无深意。

关于这一点，“奎尔普军团”里的高中生奥君，没有被拘泥在学习与游戏对立的模式里，而被卷入了难以区分游戏与工作、现实与梦境难的情境之中，最后意想不到地被“迟到的神”这一超越了时代的存在带入了成人的世界。这个情节对我们的启迪不可谓不大。

春的配置[1]——插曲

青春是我最不擅长的主题。到目前为止我写了很多本书，但没有一本涉及有关青春的问题。其实一个很重要的原因是因为我自己的青春时代，是在战争中和战败后的灰色时代中度过的，基本上没有“青春”的感觉。比起查阅文献和在头脑中构思，我在创作时更多的是基于自己的实际体验的，因此，我自然而然地写不出关于青春的话题来。

从编辑那里拿到“青春就是梦和游戏”这个命题时，我感到自己身体里有一种新的东西在悸动，虽然对于这个课题没什么自信，但还是答应了编辑的请求。可能其中一个重要原因是今年我从大学教授任上退休了。退休之后可以开始一些新的尝试了，或者说，我有一种想将目前为止积累下来的财富一点一点充分利用起来的心情。在这种想法的驱使下，我重新梳理了自己的心情，作为美国普林斯顿大学的客座研究员在今年春天去了美国。

在普林斯顿，我和学生们一起去听讲座去参与讨论，找回了久

[1] 原文为constellation，是荣格派心理学中的专用名词，表示看似毫无关系，实际上又有着内在联系的群体。

违的当学生的感觉。当时的一些经验我在书中也有所介绍。对了，在美国时我还经历了一件有趣的事情。普林斯顿大学是每年4月开学。4月的时候，那里的树木花草都还是冬天的样子，慢慢才开始发芽，并从各个角落绽放出鲜花，春意进而浸满整个校园。5月，我被美国明尼阿波利斯市的盆景疗法研究会邀请前去参加讲座，正赶上那里的春天。那之后，5月末我在回国路上，又被安克雷奇市的盆景疗法研究会邀请前去交流，又赶上了那里春天的到来。也就是说，我今天一年体验了三次春天。

我深感自己处在了“春的配置”之中，并在安克雷奇市做了一个奇妙的梦。

在梦里，我重新找到了工作。奇妙的是，我有一种自己刚从大学毕业，并第一次参加工作的感觉。梦里的工作单位是神户的一所高中。我毕业于神户工业专科学校，在神户有不少朋友，因此产生一种久违了的怀旧感觉。我想起了友人H，又想起了另一个友人I，这时候我突然觉得奇怪，I不是去世了吗？想到这里，我从梦中醒了过来。

这是一个令我印象极为深刻的梦。当我为退休之后应该干些什么、应该朝什么方向发展等问题烦恼时，梦给了我一个应该成为高中老师的明确的指示。这与我大学毕业时曾明确表示自己想一生致力于高中老师事业这件事有着密切的关系。现在我还记得，当我仅仅在高中干了三年就跳槽去大学时，曾怀着一种“临阵脱逃”的愧疚感最后站在学生面前与学生们告别。在梦中，我有幸重返青春时代，并再次有机会去挑战高中教师这一职业。

梦中回想起友人H与I是一件很有意思的事情。这两人是我就读于神户工业专科学校电气专业时非常要好的朋友。H成了高中老师，而I成了大学老师。I的离世是事实，而且就发生在最近，我因为未能去参加葬礼而一直深感遗憾。但是，梦选择了他们二人其实是很具有代表性的。大学老师的朋友去世，暗示着我从大学退休后，将重新成为“高中老师”。H或许将作为资深高中老师，成为我的向导。

在这里，我觉得没有必要按照字面意义去理解成为高中老师这件事。很遗憾，或许我已经无法成为高中数学老师了。但是，梦或许暗示我在今后的工作中，有必要去做一些能为有高中学历的人做出贡献的事情，或者没有必要像“大学教授”一样去说一些晦涩难懂的话了。然而在梦的最后，在我作为青年成为高中教师的同时，又意识到自己是一个从大学退休了的老人。将这两者结合起来分析的话，或许意味着我必须要成为“高中老师”了。

就这样，本书就成了我作为“高中老师”的处女作。读者们会怎么样看待这部作品呢?

后记

当编辑把《青春就是梦和游戏》这个书名交到我手里时，我觉得并不适合我，甚至有一种想一口回绝的想法。但是，当编辑对我说，我到目前为止写了很多书，“唯独没有关于青春的作品”时，我感到确实如此，并开始发生了态度的转变。的确，我写了《孩子的宇宙》《长大成人的艰难》《中年危机》《老年之路》《生与死的接点》等可以按照人生阶段排列的作品，唯独缺少了“青春”这一环节。关于这点，正像本书中所说的，青春是一个我非常不擅长的话题。

但是，当我被编辑高明的劝说所打动后，开始预感到这可能是一个有意思的话题，从而接受了这项工作。在这期间，就像书中插曲中所讲的，因为在我的背后出现了“春的配置”，因此我比预想的更早地完成了这部作品（话虽如此，编辑应该是非常辛苦的吧）。我感到青春仿佛又回到了自己身上，并借着这种感受运笔如飞，进而好像钻进了自己的梦与游戏的世界之中。这种表现在文中的“年轻气盛”之感，还望读者多多谅解。

夏天我去欧洲旅行，游览了德累斯顿市。学生时代我就非常喜欢这里，本书中也列举出来的霍夫曼的《黄金之壶》一书的舞台易北河畔就位于这个城市，我很早以前就非常想去看看了。刚到酒店，没等安顿好，我就马上去了易北河。在冷战时代因为工业污染，易北河被称为“世界上被污染得最为严重的河流”。非常遗憾的是，这个名字还保存至今，塞鲁潘狄娜也不知去往了何处，总之这个地方已经确实不适合居住了。

易北河畔居住着绿色的蛇的时代已经结束了。抒写这样的现代的青春，我觉得是我的使命。但是，这其实是一件非常困难的事情。现代青年们的深深的苦恼，连他们本人也难以表达出来。我在接触了现代青年之后，深深感到了自己能力的不足与界限。我虽然知道深渊之中有鱼在游动，但是无奈自己手中的渔线太短了。因此，我们采集表层的水与水藻用来分析的话，无论分析得多么正确，也起不到太大的作用。

我没有办法详细讲述在实际的心理治疗过程中遇到的人与事。但是文学作品是可以深度表现人的内心世界的，因此在本书中我引用了很多文学作品作为素材。对于这些作品的作者，我在此表示由衷的感谢的同时，也为我对作品的擅自引用和解释表示深深的歉意。

很多人批评现代的学生们“不阅读”。我在写这本书时确实考虑过这个问题。这本书虽说写的是“青春”，但归根结底写的是我心中的关于这个话题的想法。因此，可能本书也适合中高年龄段的人去读也说不定。正如同本书所讲述的，“青春只是一时的东西”的想法是非常之愚蠢的。但是，当各位读过本书之后，就会发现，不管年纪多大总觉得“年轻轻地”活着就好的想法也不是我想表达的。

本书的成稿，如同前文所讲，岩波书店编辑部的高村幸治先生给予了我非常大的帮助。在此，我表示由衷的感谢。

1994年夏

河合隼雄

解说

河合隼雄与青春

就像作者在“后记”中写到的，这本书的诞生，是因为著作中没有关于青春的作品，河合隼雄在编辑的请求下创作的。的确，从《孩子与幻想》系列的成书过程可以看出来，河合隼雄最擅长关于小孩子的课题，以《孩子的宇宙》为开始，出版了好几本书。与此同时，他还创作了关于中年期与老年期的各种各样的著作。但是，就像他在本书中所讲的一样，他自己也意识到青春这个东西是他“最不擅长的主题”，因此不能否认他曾经逃避过这个话题。

关于这点，作者写道:“一个很重要的原因是我自己的青春时代，是在战争中和战败后的灰色时代中度过的，基本上没有‘青春’的感觉。”的确，河合隼雄是家中的第五子，据与他生活在不同时代的长子仁伯父讲，旧制度下的高中与大学时代，真的可以算得上是青春的物语。也许这就是生活年代与经验的差异过大造成的吧。然而，如果站在一个心理学者的立场，特别是站在一个不是从生育史角度去看问题，而是重视超越个人存在的无意识状态与印象的荣格派心理学者的立场上来看的话，这种说法是很难接受的。他作为心理治疗师与很多青年期患者接触的经验都跑到哪里去了呢?

泪水与文学

在村上春树原著、蜷川幸雄导演的话剧《海边的卡夫卡》的宣传册上，登载了河合隼雄著作编辑中的一人——寺岛哲也的名为《田村卡夫卡与朱丽叶——走向青春期的森林之中》的文章。朱丽叶14岁，正所谓是从怒涛般的青春期中顽强地活下来的人。与河合隼雄一起去观看蜷川幸雄导演的话剧《罗密欧与朱丽叶》的寺岛，注意到坐在自己身边的河合隼雄曾几度在擦拭眼泪。青春期这个东西，对于河合隼雄来说或许并不是完全不了解的，而是一个无法用语言、只能用泪水去表达的东西。并不是因为不了解，而是无法用语言表达正说明了这个东西的重要性，也因此无法简单地写出来。

正如同观看《罗密欧与朱丽叶》会使人想起青春期一样，能够将无法用言语表达的青春期表现出来的，正是文学作品这个东西。在本书中，作者从夏目漱石的《三四郎》开始，引用了大量的文学作品对青春进行了论述。三四郎来到东京后，处处令他感到震惊。就如同作者所说的，青春就是一个与“震惊”分不开的东西。然后三四郎遇到一件超越了单纯的震惊，让他体验到了“自我存在的整体都受到了震撼”的事情，就是与一名叫作美弥子的女性的相遇。

此外，作者在书中所指出的，所谓的青年期，在小孩子可以通过成人仪式顺利成为大人的非近代社会是不存在的，青年期的存在是近代社会特征这点，非常值得玩味。《三四郎》一书，正是创作于明治时代这一“前近代社会”向近代社会转换的时期。这一时期正可以称得上是青年期的诞生时期。在荣格心理学中，为了清晰地研究人类的普遍心理，经常会借用超越历史的神话和传说。而这些神话与传说在研究青年期问题时则没有什么作用，因此在这个时候，只有借助文学作品的力量了。

青年期与时代性

作者在本书中列举出的文学作品里，有很多相互呈现出鲜明的对比，这点很有意思。在第一章中，《三四郎》与吉本芭娜娜的《TUGUMI》是一组对照，作者通过分析指出《TUGUMI》一书重点表现了那种打破青春甜美印象的反伤感主义。在第二章中，《三四郎》中出现的那只有名的迷途的羔羊与村上春树的《寻羊冒险记》形成了对比。第三章中霍夫曼的《黄金之壶》与吉本芭娜娜的《甘露》也是一组对照。

青春与青年期不仅仅是近代社会的特征，它们在现代社会也发生着变化，这是造成上述对比产生的原因。但是，作者在本书中也指出“目前很多人认为青年期已经消亡了”。本书创作于1994年，20年过去了，这种倾向却变得越来越强。青年期变得波澜不惊，年轻人变得没有了远大的理想与目标，因年龄代沟造成的对立也越来越不明显了。

正像本书以《青春就是梦和游戏》为题一样，无论是代表了未来梦想的梦，还是晚上睡觉时所做的梦，都是本书的一个重要主题，也是本书展开论述的一个入口。然而，这种定义也随着时代的变化而变化着。“过去的青春，是将现实与梦进行明确区分的，因此，那时青春的意义就在于如何将梦予以实现。”同时，作者针对现代的青春却指出了:“外界与内在，梦与现实的区别其实是相当模糊的。在这里，正蕴含着现代的青春。”第三章《青春的梦》中蕴含着很多这样的观点。即使是在研究出现于本书创作之后的20世纪的发达障碍心理疗法时，书中的很多内容也值得参考。作者在论述青春与梦时，先从古典且本质性的东西入手，并以此为基础研究现代社会的问题，因此他的论述到现在也没有过时。

游戏

以游戏为主题的第四章《青春的游戏》，是作者的擅长领域。作者善于开一些恰当的玩笑，针对自己不擅长的青春的话题，在本章中一改以一些比较正统的文学作品为例进行论述的方式，开始了自由发挥。“游戏与严肃”的平衡关系、游戏／神圣领域／世俗领域的环状构造令人印象深刻。

与此同时，作者在书中举了很多关于艺术与体育的例子，并指出，在现代社会，通往宗教世界或神圣领域之路，要靠归属于游戏范畴的艺术与体育去开拓。提到游戏，书中还穿插了一些可以被看作是作者的“具有创造性的梦”，这点也让人津津乐道。

青春的普遍存在

梦与现实境界变得模糊不清，虽然可以解释为青春的消亡，但反言之，我们是不是也可以解释为青春出现了“常在”的可能性了呢？在第五章《青春的别离》中，作者针对现代社会中男女、年龄、现实与梦等的无边界化现象，通过逆向思维得出了“我们可以说，从极端的角度来讲，青春是无处不在的”这一结论。当青春变得无所不在时，我们在人生中就有可能再次迎来青春的到访。作者65岁时从大学教授任上退休，同年4月去了普林斯顿大学，当时那里正值树木冒出新芽的春天。5月初，当他被美国明尼阿波利斯市的盆景疗法研究会邀请前去当地时，也正赶上那里的春天。5月末在回国路上，被安克雷奇市的盆景疗法研究会邀请前去交流，又赶上了那里的春天，也就是说作者一年体验了三次春天。

退休可以看作是某种意义上的迎接死亡与获得重生，正如作者在书中指出的，正是因为他身处“春的配置”之中，才使得他执笔本书这种自己“不擅长”的题目变为了可能。与此同时，一年经历三次春天的事情，也揭示了人生可以迎来多次重生的道理。

除了本书之外，河合隼雄基本上没怎么论述过有关青春的课题。何况他或许也不愿意过多谈论自己的青春吧。在他晚年撰写的可以算作自传的小说《爱哭鬼小隼》中，也只是写了迎接10岁时的危机，在将要看到克服危机的希望时，却因为疾病而倒下了的故事，并没有针对青春、针对应该到来的春天进行描写。这部小说，是以下面的这段话作为全书的结尾的。

然而，小隼感到了冬去春来的气息。“黄莺应该会啼鸣起来吧。”怀着这样晴朗的心情，小隼眺望着庭院中的景色。

就让我在期待春天能够再次到访河合隼雄的人生的祈祷中，结束这篇解说吧。

2014年

河合俊雄

临床心理学者

注：本书中出现的以下书名，由于国内尚未出版（简体中文版），均为暂译名。暂译名与原名对照如下。

《二十岁的火影》*二十歳の光影*

《漫无目的，水晶》*なんとなく、クリスタル*

《我是个什么东西》*僕って何*

《人生的亲戚》*人生の親戚*

《故事传说的深层含义》*昔話の深層*

《黄金之壶》*黄金の壺*

《千手千眼》*千の手千の眼*

《现代风俗笔记》*現代風俗ノート*

《人类与神圣的东西》*人間と聖なるもの*

《奎尔普军团》*キルプの軍団*

《牧歌》*牧歌*

《长大成人的艰难》*大人になることのむずかしさ*

《中年危机》*中年クライシス*

《老年之路》*老いのみち*

《生与死的接点》*生と死の接点*

激发个人成长

多年以来，千千万万有经验的读者，都会定期查看熊猫君家的最新书目，挑选满足自己成长需求的新书。

读客图书以“激发个人成长”为使命，在以下三个方面为您精选优质图书：

1、精神成长

熊猫君家精彩绝伦的小说文库和人文类图书，帮助你成为永远充满梦想、勇气和爱的人！

2、知识结构成长

熊猫君家的历史类、社科类图书，帮助你了解从宇宙诞生、文明演变直至今日世界之形成的方方面面。

3、工作技能成长

熊猫君家的经管类、家教类图书，指引你更好地工作、更有效率地生活，减少人生中的烦恼。

每一本读客图书都轻松好读，精彩绝伦，充满无穷阅读乐趣！

图书在版编目（CIP）数据

青春就是梦和游戏 /（日）河合隼雄著 ；（日）河合俊雄编 ；王熙威译. -- 上海 ： 文汇出版社，2017.12

ISBN 978-7-5496-2353-2

Ⅰ. ①青… Ⅱ. ①河… ②河… ③王… Ⅲ. ①随笔一作品集一日本一现代 Ⅳ. ①I313.65

中国版本图书馆CIP数据核字（2017）第255787号

SEISHUN NO YUME TO ASOBI
by Hayao Kawai
edited by Toshio Kawai

First published 2014 by Iwanami Shoten, Publishers, Tokyo.

This simplified Chinese edition published 2017
by Shanghai Dook Publishing Co., Ltd., Beijing
by arrangement with the proprietor c/o Iwanami Shoten, Publishers, Tokyo

著作权合同登记号：图字09-2017-914

青春就是梦和游戏

作　　者 / （日）河合隼雄
编　　者 / （日）河合俊雄
译　　者 / 王熙威

责任编辑 / 张　涛
特邀编辑 / 袁诗韵　黄迪音
封面装帧 / 吴艺珍

出版发行 / **文匯**出版社
上海市威海路 755 号
（邮政编码 200041）
经　　销 / 全国新华书店
印刷装订 / 三河市龙大印装有限公司
版　　次 / 2017 年 12 月第 1 版
印　　次 / 2017 年 12 月第 1 次印刷
开　　本 / 890mm × 1270mm　1/32
字　　数 / 138 千字
印　　张 / 7.5

ISBN 978-7-5496-2353-2
定　　价 / 36.00 元